魔王学院の不適合者 13〈上〉

MAOH GAKUIN NO FUTEKIGOUSHA

～史上最強の魔王の始祖、転生して子孫たちの学校へ通う～

著†秋
illustration†しずまよしのり

Keyword

MAOH GAKUIN NO FUTEKIGOUSHA

災淵世界イーヴェゼイノ

《幻獣機関》の所有する世界。もともとはパブロヘタラとも非友好的な関係だったが、魔王学院より一週間ほど先んじて加盟を済ませ、瞬く間に聖上六学院の末席に名を連ねる存在となった。

聖剣世界ハイフォリア

《狩猟義塾院》の所有する世界。狩人と獣という関係性から、同じく聖上六学院に名を連ねる《災淵世界》イーヴェゼイノと対立している。

鍛冶世界バーディルーア

聖上六学院のひとつで鉄火人と呼ばれる鍛冶に秀でた種族が住まう世界。この世界の元首・ベラミーが霊神人剣エヴァンスマナを鍛えたとされる。

不可侵領海

銀水聖海において「決して触れるべきではない」とされる禁忌の存在。特定の何かを指すわけではなく、強大な力を持ちすぎ、触れるべきではないと指定された存在をこう呼称する。

霊神人剣エヴァンスマナ

人の名工が鍛え、剣の精霊が宿り、神々が祝福したとされる聖剣。実はミリティア世界ではなくハイフォリアで生み出されたものだった。

魔王学院の不適合者13〈上〉

MAOH GAKUIN NO FUTEKIGOUSHA

～史上最強の魔王の始祖、転生して子孫たちの学校へ通う～

著†秋
illustration†しずまよしのり

魔王学院の不適合者

登場人物紹介

レイ・グランズドリィ

かつて幾度となく魔王と死闘を繰り広げた勇者が転生した姿。

ミサ・レグリア

大精霊レノと魔王の右腕シンのあいだに生まれた半霊半魔の少女。

シン・レグリア

二千年前、《暴虐の魔王》の右腕として傍に控えた魔族最強の剣士。

イザベラ

転生したアノスを生んだ、思い込みが激しくも優しく強い母親。

グスタ

そそっかしくも思いやりに溢れる、転生したアノスの父親。

エールドメード・ディティジョン

《神話の時代》に君臨した大魔族で、通称“熾死王”。

【勇者学院】

ガイラディーテに建つ、勇者を育てる学院の教師と生徒たち。

【地底勢力】

アゼシオンとディルヘイドの地下深く、巨大な大空洞に存在する三大国に住まう者たち。

Maoh Gakuin no Futekigousha
Characters introduction

【魔王学院】

アノス・ヴォルディゴード

泰然にして不敵、絶対の力と自信を備え、《暴虐の魔王》と恐れられた男が転生した姿。

ミーシャ・ネクロン

寡黙でおとなしいアノスの同級生で、彼の転生後最初にできた友人。

サーシャ・ネクロン

ちょっぴり攻撃的で自信家、でも妹と仲間想いなミーシャの双子の姉。

エレオノール・ビアンカ

母性に溢れた面倒見の良い、アノスの配下のひとり。

ゼシア・ビアンカ

《根源母胎》によって生み出された一万人のゼシアの内、もっとも若い個体。

エンネスオーネ

神界の門の向こう側でアノスたちを待っていたゼシアの妹。

【七魔皇老】

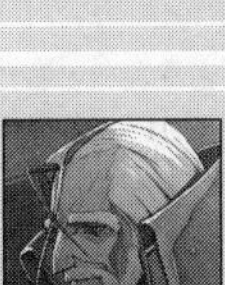

二千年前、アノスが転生する直前に自らの血から生み出した七人の魔族。

【アノス・ファンユニオン】

アノスに心酔し、彼に従う者たちで構成された愛と狂気の集団。

§プロローグ【～誓約～】

一万六千年前――聖剣世界ハイフォリア。

雲一つない青空に、大きな虹がかけられていた。

七色ではなく、白い。純白の虹である。

その光はハイフォリアの大地に降り注ぎ、ときに道と化す。虹路《こうろ》と呼ばれ、聖剣世界では正道を意味する。

曰《いわ》く、勇気をもちて正しき道を行く者は、ハイフォリアが主神、祝聖天主《しゅくせいてんしゅ》エイフェにより祝福がもたらされる。

ハイフォリアの狩猟貴族は、いついかなるときも正道を逸《そ》れてはならない。その白い虹が目の前に現れたとき、彼らはそこをまっすぐ歩む。

たとえ、行き先が死地であろうとも。

なぜならば、虹路《こうろ》とは祝聖天主エイフェの秩序によって具象化された彼らの良心であるからだ。

たった今、空にかかった虹の道をゆっくりと歩いている男も、己の良心に導かれ、ここまでやってきた。

白髪交じりの髪と顔に刻まれた皺《しわ》、整えられた口ひげ。老いて今は衰えたが、若かりし頃には不可侵領海にすら引けを取らないと言われたほどの狩人《かりゅうど》だ。

ハイフォリアが元首、聖王オルドフ・ハインリエル。

彼が足を踏み入れたのは、一際《ひときわ》輝く白虹《はっこう》の中心。空に浮かぶ石造りの厳かな神殿であった。

オルドフは石畳の床を進み、祭壇の前に立つ。その奥は、虹の輝きに覆い隠されている。

彼が手をかかげれば、霊神人剣《れいしんじんけん》エヴァンスマナが光とともに現れる。オルドフは、握った聖剣を静かに振り下ろした。

白虹《はっこう》の輝きが両断され、裏側に隠されていたものの姿が明らかになる。

溢《あふ》れ出《だ》したのは冷気だ。

冷たく透明な塊が見えた。中には黒い人影がある。それは――巨大な氷柱だった。中にいるのは、災淵《さいえん》世界イーヴェゼイノの不可侵領海、災人イザークである。

オルドフは、氷柱に眠り続けるその男を静かに見つめた。

「貴様が今の私を見たなら、老いさらばえたとでも言うのだろうな」

オルドフは短く息を吐く。

そうして、それ以上はなにも口にせず、じっと氷柱と向き合っていた。

「――決心はついたか？」

どこからともなく、男の声が響く。

来ることを知っていたか、オルドフが振り向くことはなかった。

やってきたのは、魔族の青年だ。鋭く光る魔眼《め）》と、燃えるような紅《あか》い髪。

第一魔王、壊滅《かいめつ》の暴君《ぼうくん》アムルであった。

「ご足労感謝する。しかし、外で待つようにと伝えたはずだが？」

「今の貴様では力が足りまい」

アムルは氷柱の前まで歩いていく。

「こいつを動かすにはな」

不敵な顔つきで、アムルは視線を聖王へ向けた。

「いいんだな？」

一瞬の間の後、オルドフはうなずく。

「私は老いた。次の聖王が、災人を滅ぼす決断をせんとも限らん。これ以上、ここに隠しておくことはできんだろう」

「寝込みを襲ったところで容易《たやす》く滅ぶような男ではない」

アムルが言うと、すぐにオルドフは答えた。

「イーヴェゼイノで眠り続けているはずの災人イザークが、ハイフォリアの神殿にいたなどと知れては、民は納得せんよ」

「承知の上で挑んだことだ」

「左様。それが私の正道であった。なにも知らぬ若者たちに、無責任に押しつけることなどできはせん」

オルドフが、アムルを振り向く。

「私の夢は終わったのだ。最後に、ついた嘘《うそ》の後始末をせねばならん」

「それで、人知れず災人をイーヴェゼイノへ帰せと？」

聖王はうなずく。

「我々が口を噤《つぐ》めば、災人がハイフォリアにいたと知られることはない。誰もがイーヴェゼイノで眠り続けていたと思うだろう。できるか？」

アムルは頭上を仰ぐ。

屋根のない神殿だが、上部は光の結界に覆われている。

その向こう側、彼の魔眼《め》に、一瞬見えたのは、隠蔽魔法で隠された空飛ぶ樹海だ。

「災淵《さいえん》世界の暗雲は外からの入界《にゅうかい》を阻《はば》む。力尽くで入れるのはわかっているが――」

すると、樹海の奥から人影が飛び降りてきた。結界をいとも容易《たやす》く突破し、神殿に着地したのは夕闇の外套《がいとう》を羽織った男――二律僭主《にりつせんしゅ》ノアである。

銀の長髪が、まるで水の中にあるかの如《ごと》く、宙を漂う。

「それでは、他の者に知られるであろう」

ノアが言う。

「なら、災淵《さいえん》世界まで付き合え。お前がいれば、潜入は容易《たやす》い」

すると、彼は無言でアムルを見つめた。

「たまに会えば、厄介ごとばかり持ち込むものだ」

それを肯定と受け取ったか、アムルはオルドフに顔を向けた。

「ちょうど暇な不可侵領海がいた。どうにかなりそうだ」

「感謝する」

オルドフは壊滅の暴君と二律僭主《にりつせんしゅ》へ、丁重に頭を下げた。

「狩猟貴族の誇りにかけ、必ずこの恩に報いると誓おう」

アムルとノアは軽く顔を見合わせる。

そうして、ノアが神殿の入り口を指した。

光の扉だ。

「あれではどうだ？」

ノアの発言に、ニヤリとアムルが笑った。

「これだから、お前といると飽きぬ」

アムルは魔法陣を描く。

次の瞬間、光の扉が瞬く間《またたくま》に燃え、灰へと変わっていく。

「なにを……？」

オルドフが戸惑いながら振り向けば、今度は二律僭主《にりつせんしゅ》が魔法陣を描く。アムルとノアが自身の影に吸い込まれ始めた。

「自分の息子にぐらいは、真実を明かせ。ここで途絶えさせるには、お前の夢はあまりに惜しい」

そうアムルは言い残し、影の中に姿を消した。

直後――

「「――陛下っ！」」

響いたのは、二つの声。

光の扉が完全に灰と化し、結界に穴ができていた。

そこを通ってやってきたのは二人の狩猟貴族。レブラハルドとバルツァロンドである。

彼らは恐る恐るといったように父のもとへ歩み寄ると、目の前にある氷柱を見上げた。魔眼《め》を凝らし、その深淵《しんえん》を覗《のぞ》き、そうして悪い予感が当たったと言わんばかりに、表情を険しくした。

「……聖王陛下……いいえ、父上」

レブラハルドが言う。

「……どうか、偽りなく答えて欲しい……」

まっすぐ父を見つめるレブラハルド。

バルツァロンドは顔を伏せ、拳を握っていた。

「この氷柱の中にいるのは、災人イザークなのか？」

奥底から発せられる主神の魔力。イーヴェゼイノをよく知る狩猟貴族に、その正体がわからないはずもない。

数秒の沈黙の後、覚悟を決めたようにオルドフは言った。

「そうだ」

「……なぜ……」

責めるように言ったのはバルツァロンドだ。

「……我々は悪《あ》しき獣を狩る誇り高き狩猟貴族っ！　これまで何千何万という狩人《かりゅうど》が、奴《やつ》らの牙にその命を落としたことかっ！」

激昂《げきこう》するバルツァロンドへ、オルドフは申し訳なさそうに言う。

「すまないと思っている。だが、バルツァロンド――」

「すまないで済みはしないっ！　災人イザークを滅ぼせば、奴《やつ》らの世界を祝聖天主のお力で祝福できる」

「それは確かにそうだ。しかし」

「しかしもかかしもありはしないっ！　そうすれば、忌《い》まわしき災淵《さいえん》世界は、正しき道を歩み、ハイフォリアへと生まれ変わる。この銀水聖海から、あの忌々《いまいま》しき獣どもを一掃できるのだ。幼子がアーツェノンの滅びの獅子《しし》に怯《おび》えることもなくなるだろう」

「お前の言う通りだ。だが」

「それが我々、狩猟貴族の宿願ではないかっ！　だのに、これはいったいどういうことだっ？　あなたは、父上、誇りを失い、正道を逸《そ》れ、ハイフォリアを裏切っていたのかっ⁉」

バルツァロンドが、義憤にかられた目で睨《ね》めつける。

オルドフはなにも言わず、ただ沈痛の表情を浮かべるのみだ。

「……言い訳もないのか……？　認めるのかっ？」

「ルッツ」

窘《たしな》めるようにレブラハルドが言う。

「少し落ち着くといい」

「だが、兄上っ。ただ一つの反論もないのが、言い訳できぬ証拠では――」

「反論は、たった今自分で言い潰したね？」

バルツァロンドは口を閉ざす。

確かに、と顔に書いてあった。

「聞く耳を持たない人間に、喋《しゃべ》る言葉はない」

「……ぐ、ぐぐ……」

ようやく冷静さを取り戻したか、バルツァロンドはそれ以上、聖王オルドフを責めようとはしなかった。

「父上」

努めて冷静にレブラハルドは言う。

「私も気持ちはルッツと同様。理由があるなら、教えてもらいたい」

オルドフは、静かにうなずく。

「太古の昔、災人イザークは、災淵《さいえん》世界に興味をなくし、眠りについた。眠りこそが災人にとって、最も強き渇望《かつぼう》であったからだ。そう言われている」

レブラハルドが相づちを打つ。

「それは違うのだ」

「……違う、というのは？」

「イザークは誓約に従い、眠りについた。誓いを交わしたのは、私だ」

一瞬の沈黙の後、レブラハルドは問うた。

「どのような誓いを？」

「……私には夢があった……」

祈るような眼差《まなざ》しを息子たちへ向け、オルドフは言う。

「今は言えん。もしも、お前たちの内どちらかが聖王に選ばれたなら、そのときにこそ話そう。

揺るぎない意志を瞳に込め、オルドフははっきりと宣言する。

「災人は今日、イーヴェゼイノへ帰す」

「馬鹿なっ……そんな馬鹿な話が──」

聖王に向かっていこうとしたバルツァロンドを、レブラハルドが手で制する。

「もしも、誓約により眠ったならば、ここで滅ぼすのはだまし討ちに等しい」

すぐさまバルツァロンドが反論する。

「獣を罠《わな》にかけるのは恥ではない。それで多くの命が助かる」

「どうせならば、誇りも命も守ろう。簡単なことだよ。強く、まっすぐあればいい」

レブラハルドの言葉を聞き、バルツァロンドはまた押し黙った。

「父上。あなたは、それが正しき道とお思いか？」

誠心を瞳に宿し、レブラハルドが問う。

オルドフははっきりと答えた。

「誓約の際、虹路《こうろ》が見えたのだ。その道をひたすらにまっすぐ歩んでここまで来た。これ以上は、進めそうもないがな……」

聖王は、どこか寂しげだった。

「聖王陛下」

姿勢を正し、丁重な言葉遣いでレブラハルドは言った。

「またここへ戻って参ります。今度は霊神人剣を手に、陛下の夢を継ぐために」

レブラハルドは、父オルドフを尊敬している。

父が聖王として、志半ばで叶《かな》わなかった夢があるならば、自らが叶《かな》えようと思った。

それがいったいどのような内容であるかなど、彼にとっては些末《さまつ》なことだったのだ。

なぜなら、聖王オルドフが目指した夢ならば、素晴らしいに違いないと信じていたからである。

「ルッツは？」

「正道だというなら、問題はなにもありはしない。初めからそう言えばよかったのだ」

ばつが悪そうに、バルツァロンドは言う。

精悍《せいかん》な二人の息子を見て、オルドフは表情を緩ませた。

熱くなりやすく、少々軽率なきらいがあるが、正義感の強いバルツァロンド。

堅物なところもあるが、優しく、勇気に溢《あふ》れたレブラハルド。

この二人は、オルドフの宝であった。

直接、伝えたことはない。

いつか、聖王の座をどちらかに譲り渡すときが来れば、そのことを話そうと思っていた。

そして、その日は、そう遠くはないだろう。

彼は今日、ここへ来た二人の姿から、そんな風に直感していた。

「他言はしない」

そう口にして、バルツァロンドが踵《きびす》を返《かえ》す。

すると、災人イザークの氷柱がその影に沈み始めた。

二律僭主《にりつせんしゅ》の魔法である。影に隠して運び、イーヴェゼイノまで持っていくつもりなのだ。

「待つがいい、バルツァロンド」

バルツァロンドが足を止める。

「レブラハルド、お前も心に留《とど》めておいて欲しい。災人とは別件だが、もう一つ気がかりなことがある」

オルドフはそう前置きをして、話し始めた。

「この頃、多くの小世界に声をかけている勢力があるのは知っているな？　歴史は古いが、大した力は持っていなかった。浅層世界や中層世界ばかりの集まりのはずだが、どうもきな臭い。背後に複数の、あるいは相当に深い深層世界の存在があるように思えてならない」

二人は真剣に耳を傾ける。

オルドフは言った。

「パブロヘタラには関わるな」

§1.【自重】

——細い指先が、そっと俺の頬に触れた。

「どうかした？」

温かな声音に耳を撫《な》でられ、意識を優しく呼び戻される。

場所はパブロヘタラの魔王学院宿舎。寝室のベッドに仰向けになった俺の顔を、ミーシャが覗《のぞ》き込《こ》んでいる。俺の頭は、彼女の膝にあった。

柔らかいプラチナブロンドの髪が明かりに照らされ、幻想的な輝きを発す。

静謐《せいひつ》で慈愛に満ちた彼女の瞳には、月が見えた。

《源創《げんそう》の神眼《しんがん》》である。

「ふと白昼夢のようなものが見えてな。一万六千年前のハイフォリアだった」

たった今、脳裏をよぎった光景を思い出す。

「ロンクルスの記憶？」

ミーシャは俺の深奥《しんおう》へじっと神眼《め》を向け、傷ついた根源の形を優しく整えている。

「そのようだ」

ロンクルスの姿は見えなかったが、樹海船はあった。

そこに乗っていたのだろう。

「なにか気になる？」

ふむ。

特に表情を変えた覚えはないのだがな。

「お前はよく気がつく」

すると、ほんの少し照れたようにミーシャははにかんだ。

「いつも見てるから」

「気になるのは三点。災人イザークはハイフォリアの先王オルドフとの誓約によって、眠りにつき、ハイフォリアの神殿に隠されていた。オルドフには、災人を滅ぼす機会があったはずだが、そうはしなかった」

「どうして？」

「夢があったそうだ。どんな夢かはわからぬが」

ぱちぱち、とミーシャは瞬《まばた》きをする。

それから、ほんの少し笑った。

「優しい夢だといいと思った？」

「さてな。どちらにせよ、オルドフは退位している。彼がレブラハルドに夢を託せたならば、あの堅物っぷりにも理由があるのだろうが」

すると、ミーシャは俺に微笑《ほほえ》みかける。

「わたしも」

俺の根源を視線で撫《な》でながら、彼女は言う。

「優しい理由なら、嬉《うれ》しい」

俺はミーシャに笑みを返す。

「オルドフはパブロヘタラには関わるなとも言っていた。しかし、一万六千年が経過した今、ハイフォリアはパブロヘタラの学院同盟だ」

「それが気になるもう一つのこと？」

俺はうなずく。

先王の言いつけを、レブラハルドは破ったのやもしれぬ。

「パブロヘタラについて、詳しく知りたいところだな」

これまで、このパブロヘタラ宮殿で過ごし、銀水序列戦や六学院法廷会議などに興じてきたが、わからぬことはまだ多い。

そもそも、このパブロヘタラ宮殿はどの小世界が造ったのか？

創立者ならば発言力が強くなりそうなものだが、聖上六学院のいずれも別格扱いされている様子はない。

「ロンクルスは？」

「俺の根源の中が相当こたえたと見える。適応には時間がかかりそうだ」

《融合転生《ラドビリカ》》からまださほど日数は経《た》っていない。ロンクルスが目覚めるのを待つより、自ら探った方が早いだろう。

俺が身を起こそうとすると、ミーシャの手が頭をつかんだ。

「今日はだめ」

彼女は俺の頭をゆっくりと下ろし、自らの膝の上に乗せた。

「明日は、パリントンの一件で六学院法廷会議がある。ミリティア世界が聖上六学院になれば、周囲も騒がしくなろう」

すっとミーシャが人差し指を伸ばし、俺の胸に触れる。

「根源がまたぐちゃぐちゃ」

彼女の瞳が訴えるように俺を見つめる。

「治すから。待って」

ロンクルスとの戦いの後、一旦は治りかけたのだが、パリントンの《赤糸》で再び根源の傷が開いた。

アーツェノンの滅びの獅子《しし》。その渇望《かつぼう》に従い、滅びの力が暴走しようとしたためだ。無理矢理抑え込んだが、外から傷を負うよりも損傷は大きい。

「滅びの力は、二律剣《にりつけん》に流せる。さして問題にはならぬ」

「無理ができるようになっただけ」

じとっとミーシャが俺を睨《にら》む。

「傷が深くても動けるようになって、心配が増えた」

「くはは」

と、俺は笑い飛ばす。

「そう大げさにとるな。これしきのことで、俺が滅ぼされるとでも思うのか？」

ミーシャは首を左右に振った。

「滅ぶこと以外も心配」

瞳に憂いを浮かべ、彼女は言う。

「血と傷に慣れないで。アノスが傷つくと、わたしも苦しい」

「……ふむ」

問題はないのだが、こう切実に訴えられては無下にもできぬ。

「心配性だな、ミーシャは。仕方のない」

すると、嬉《うれ》しそうに彼女は笑った。

「心配性でごめんなさい」

感謝の証《しるし》とばかりに、ミーシャが俺の髪を優しく撫《な》でる。なんともくすぐったいことだ。

「まあ、聖上六学院に入れば、パブロヘタラでも力が持てよう。明日まで待った方が調べがつきやすいやもしれぬ」

「ん」

「ところで」

俺は寝室の扉を指さす。

魔力を込めれば、バタンッと扉が開いた。

「きゃぁぁぁっ！」

扉の向こうにいたサーシャがバランスを崩して、前のめりに倒れた。

「大丈夫？」

心配そうにミーシャが問う。

受け身も取れず、サーシャは顔面を床に埋めていた。

「……まったく問題ないわ……」

その姿勢では説得力がないのだがな。

「それで？」

床に顔を埋めたままのサーシャに、俺は問う。

「なんの遊びだ？　パブロヘタラの床は硬いぞ」

「遊んでないわよっ！　いきなりドアを開けたら、こうなるに決まってるでしょっ！　ミーシ

ャと真剣な話をしてたと思ったら、不意打ちにもほどがあるわっ」

バネ仕掛《じか》けのようにぴょんと起き上がり、舌鋒《ぜっぽう》鋭くサーシャがつっこんでくる。

「もう。鼻がちょっと低くなったわよ」

サーシャは若干赤くなった鼻の頭を撫《な》でている。

「すまぬな」

俺は身を起こし、サーシャのそばまで歩く。ゆるりと手を伸ばし、彼女の鼻にそっと指先を触れた。

「え……？　あ、あの……アノス……？」

「ならば、責任をとり――」

俺は朗らかに笑った。

「――高くしてやろうか？」

「や・め・て」

くはは、と思わず笑声がこぼれ落ちる。

「それで？」

意図がつかめなかったか、サーシャが怪訝《けげん》な顔で俺を見返す。

「さっきからドアの前でなにをしていた？　用があるなら、入ってくればいいだろうに」

「……だって……」

伏し目がちになり、サーシャは呟《つぶや》く。

「……邪魔したら悪いもの……暴れてる力は二律剣に流してるから、《破滅《はめつ》の魔眼《まがん》》で滅ぼす必要はないし……」

以前、俺の滅びの根源を抑えるために、サーシャの《破滅の魔眼》で魔力を相殺《そうさい》したが、二律剣に余分な力を流せる今となっては、さほど必要としない。

乱れた根源の形を整えることが肝心だが、それはサーシャの苦手分野だろう。

「……そうしたら、わたしにできることはなにもないわ……」

「なんだ、そんなことか」

「そんなことって……それは、アノスにとったら、そうなんだけど……」

サーシャが俯《うつむ》き、自らの制服の裾をぎゅっと握る。

俺はベッドへ戻りながら言った。

「治療中は退屈でな。暇ならば、話し相手をせよ」

サーシャが僅かに顔を上げた。

「……でも、ミーシャもいるのに……」

「お前と話していると飽きぬ」

すると、みるみるサーシャの顔が綻んでいく。しかし、ここで笑顔になってはあまりに現金だと思ったのか、それを隠すように彼女は顔を背けた。

「……そ、そうなの？　じゃ、どうしてもって言うなら、考えるけど……」

「どうしてもだ」

背けた顔がこちらへ向く。

「……はい……」

嬉《うれ》しさを抑えるようにしながらベッドに近づき、サーシャはその上に乗った。

「サーシャ」

俺の頭を再び膝に乗せ、ミーシャが姉に手を伸ばす。

「魔力、貸して」

「魔法線の方がよくないかしら？　邪魔じゃない？」

ふるふるとミーシャは首を横に振った。

「おいで」

ミーシャと手をつなぎ、引かれるままにサーシャは座る。

「もっと。くっついて」

「……うん……きゃっ……！」

サーシャがびっくりしたように声を上げる。

ミーシャが俺の頭をそっと持ち上げ、二人の膝の間に乗せたのだ。

「半分こ」

ミーシャが微笑《ほほえ》みかけると、サーシャが恥ずかしそうに俯《うつむ》く。

「足、痺《しび》れるから」

「そ、それじゃ、仕方ないわね……うん……仕方ないわ……」

そう言いながら、彼女は赤い顔でちらりと俺を見た。

「……あ、そういえば、気になってたんだけど」

囁《ささや》くような声でサーシャが俺に言う。

「アノスの前世は、ミリティア世界じゃなくて、どこかの深層世界にいた可能性が高いのよね？　そのときの記憶って、取り戻せないのかしら？　ほら、そうしたら、パブロヘタラのことも、わかるかもしれないし……」

先のミーシャとの話を、しっかり聞いていたようだな。

「転生するとわかっていたなら、どこかに記憶を遺《のこ》していったやもしれぬな。我が父セリスや、イージェスがエレネシア世界でそうしたようにな」

《滅紫《めつし》の雷眼《らいがん》》を封じ込めた魔法珠《まほうじゅ》と緋髄愴《ひずいそう》、あれには力だけではなく、記憶も収められていたはずだ。

当時の《転生《シリカ》》では、転生が不完全になることがわかっていた。ならば備えをしておいたと考えるのが自然だ。

「銀水聖海にいた前世の俺が、いつ死んだかにもよるだろうがな。エレネシア世界が、ミリティア世界に生まれ変わる前ならば、転生の秩序は限りなく弱い」

「でも、ミリティア世界ができたのって、七億年前でしょ？」

「銀水聖海では一万四千年ほど前でしかない」

サーシャは疑問の表情を浮かべる。

すると、ミーシャが説明した。

「ルナがエレネシア世界に落ちたのが一万四千年前だから」

「……あ、そっか、そうよね……あれ？　でも、ミリティア世界は創世から七億年経《た》ってるのは確かよね……？」

「時間がズレているのだろうな」

「……えーと、たとえば、この第七エレネシアで一日経《た》つ内に、ミリティア世界じゃ一年とか、もっと長い時間が経《た》つってこと？」

「簡単に言えばそうだ。だが、これまでに行った小世界とミリティア世界の間に、時間のズレは確認できていない。この第七エレネシアの一秒と、ミリティア世界の一秒はまったく同じだ」

サーシャはますます怪訝《けげん》そうな顔になった。

「じゃ、どういうこと？」

「かつてなんらかの原因で時間のズレが発生した。そして、今は元に戻っているということだろう」

たとえば、この銀海の時間が止まっている内に、ミリティア世界だけが七億年近く経過したとすれば、辻褄《つじつま》が合う。

ミリティア世界が加速したのか、他の小世界が止まったのかは定《さだ》かではないがな。

「それが気になることの三点目だ」

「今日はだめ」

間髪を容れずにミーシャが言うので、俺は思わず笑ってしまう。

「これしきで滅びはせぬというのに。なあ、サーシャ」

「滅びさえしなければ無傷って考え、やめた方がいいと思うわ」

くつくつと俺は喉を鳴らして笑った。

なかなかどうして、さすがに姉妹、似たようなことを言うものだ。

§2.【聖剣の声】

翌朝──

俺が目を覚ますと、じっとこちらを見つめる瞳が間近にあった。

「おはよう」

微笑《ほほえ》みながら、ミーシャが言う。

夜通し俺を治療していたのだろう。彼女の隣にはシーツにくるまり、すやすやと寝息を立てているサーシャがいる。

「……眠るまででよいと言ったはずだが」

「迷惑だった？」

ミーシャが小首をかしげ、俺に訊《き》いた。

仕方のない奴《やつ》だ。

身を起こし、ねぎらうように彼女の肩を軽く叩《たた》く。

「おかげでずいぶんと体の調子がいい」

「よかった」

俺はベッドから下りると、足下に魔法陣を描く。それが頭まで上がっていけば、着ていた寝衣が制服に変わる。

歩き出せば、ミーシャが俺の後ろに続いた。

「まだ早い。休め」

「大丈夫」

彼女は創造神の権能を取り戻し、その力は強化されている。

いつぞやのように、疲労の肩代わりにより動けぬといったことにはならないだろうが。

「昨日は少々、夜更《よふ》かしをしたからな。まともに起きてくるとは思えぬ」

すやすやと寝息を立てるサーシャを見れば、ミーシャもそこに視線を注ぐ。

姉を起こせ、という意図は伝わっただろう。

「わかった」

「また後でな」

寝室を後にして、俺はその足で宿舎を出た。

ドアの前にはシンが立っていた。

魔王学院がフォールフォーラル滅亡の首謀者を捕らえたという噂《うわさ》は、すでにパブロヘタラ中に広まっている。

情報源は熾死王が毎日のようにバラまいている号外だ。

ミリティア世界は不適合者が元首を務める。泡沫《ほうまつ》世界が聖上六学院になることを快く思わぬ連中が、闇討ちを仕掛けてくる可能性があったため、率先して見張りに立ったのだ。

目を閉じているが、眠っているのは半分だけだ。異変を感じれば、ただちに剣を抜くだろう。

俺の気配に気がつき、彼は目を開けた。

「変わりはありません」

「ご苦労だったな。休め」

「御意」

俺を見送った後、シンは宿舎に戻っていった。

宮殿の廊下をのんびりと歩き、やってきたのは庭園だ。

朝早くから購買食堂『大海原の風』では父さんと母さんが忙しそうにパン作りに勤《いそ》しんでいる。店の前では、エールドメードが立ったままパンを食いながら、次の号外の内容をナーヤに説明していた。

他に客の姿はない。

庭園の片隅で、一人の男が岩に腰かけ、じっと聖剣を見つめている。

「レイ」

声をかければ、彼はこちらを振り向いた。

「やあ。早いね」

「お前ほどではない」

言いながら、彼の隣に立つ。

レイは霊神人剣に視線を戻した。その深淵《しんえん》を覗《のぞ》くようにじっと魔眼《めえ》を凝らしている。

「眠れなくてね」

「ほう」

「……霊神人剣から、声が聞こえる気がするんだ。ちょうどイーヴェゼイノを出ようとした頃から……」

レイが手にする霊神人剣へ、俺は魔眼《め》を向けた。

魔力の振り幅が少々大きい。力を出そうとしているが出し切れぬ、そんな印象だ。

だが、声は聞こえぬ。

「今もか？」

「微《かす》かに」

耳を傾けるが、やはり同様だ。

霊神人剣の使い手にしか聞こえぬ声なのだろう。

「なんと言っている？」

「たぶん、だけど」

聖剣に耳を傾けながら、レイは言った。

「――助けて」

「なるほど」

「ミリティア世界にいたときは、こんなことはなかった」

銀水聖海に出て、思う存分に力を振るえるようになった霊神人剣が、何事かを訴えようとしているのか？

よからぬことの前兆でなければよいがな。

「バルツァロンドにでも訊《き》いてみるか」

「そうだね」

と、そのとき、後ろから両手で視界を塞がれた。

背中に柔らかな感触を覚える。

「だーれだ？」

「エレオノールか」

目を覆っていた手が離される。

振り向けば、のほほんと笑っているエレオノールが、紙袋のパンを差し出していた。

「当たりだぞっ。はい、ご褒美《ほうび》の希望パン」

「もらおう」

エレオノールから希望パンを受け取る。

「はい、レイ君にもあげるぞ」

「嬉《うれ》しいけど、ちょっと前が見えないかな」

レイの両目を、後ろからゼシアが手で塞いでいた。

「あー、ゼシア？　だーれだって言わないとレイ君でも当てられないぞ？」

「……だーれだ……です……！」

「誰だろうね……？」

たった今、答えを耳にしたはずだが、レイは律儀《りちぎ》にゼシアの遊びにつき合っている。

「エンネスオーネかな？」

「外れ……です……！」

ゼシアは得意気に答えた。

「それじゃ……ゼシアかな？」

「外れ……です……！」

理不尽な遊戯である。

「ぱっとして……レイのパン、ゼシアが没収します……！」

「ええと……やっぱりゼシアじゃないかい？」

「ゼシアだからといって……ゼシアだと思ったか……です……」

言いながら、ゼシアは物欲しそうに口を大きく開ける。

「こぼしちゃだめなんだぞ？」

エレオノールがゼシアの口へパンを入れた。

彼女はパンを頬いっぱいに頬張り、あむあむと食べる。

「ヒントはあるかい？」

「ひょうはやきしましゅた」

レイは真顔で考え込む。

「……意外と難しいね……魔法文字の暗号……語感からいって、相当古そうだけど……」

「パンでうまく喋《しゃべ》れてないだけだぞっ。ゼシア、レイ君が混乱するから、ヒントは食べてからにしようねっ」

「わかましゅた」

ゼシアはもぐもぐとパンを食べていき、ごくんと飲み込んだ。

「ヒント……あります……。ゼシアは……ゼシアでも……快挙のゼシア……なーんだ……？」

「んー？　もうちょっとヒント出してあげた方がよくなあい？」

「大丈夫……です……！」

ゼシアは得意満面で、きっぱりと断言する。

レイは爽やかな笑みを見せた。

答えがわかったというよりは、笑うしかないといった表情に思える。

「お手上げだよ」

「ほら、ちょっと難しかったみたいだぞ」

ぶるぶるとゼシアが首を大きく振る。

そうして、とことこと俺の後ろに回り込んで、制服の袖を引っ張った。

しゃがんでやれば、ゼシアの手が俺の両目を隠す。

「……だーれだ……です……」

「そうだな。この時間にゼシアが自力で起きてきたことはない。すなわち、早起きゼシアというったところか」

「わおっ。正解だっ！」

驚いたようにエレオノールが言う。

ゼシアは俺の目から手を離し、背中から身を乗り出してきた。

「アノス……レイは……なにしてましたか……？」

「霊神人剣から、声が聞こえるそうでな」

するとゼシアは俺の肩に手をつき、ぴょんっと跳ねた。

レイの前に着地すると、霊神人剣に耳を寄せ、なにやら聞いているようだ。

「正確にはわからないんだけどね。霊神人剣が僕になにかを訴えている気がするんだ。もし、本当にそうなら、応えたいとは思ってるんだけど」

「んー？　でも、これって、アーツェノンの滅びの獅子《しし》を滅ぼすための聖剣なんじゃなかった？　アノス君を滅ぼせとか言われたら、困っちゃうぞ？」

ぴっとエレオノールが人差し指を立てる。

「それはね」

と、レイが苦笑した。

「……聞こえ……ます……」

「え？」

エレオノールが疑問の声を上げる。

「えーと、でも、ゼシアに聞こえるのかな……？」

「どうだろうね。ゼシアにも勇者の素質がある。霊神人剣の声が聞こえても不思議はないけど……」

たまたまその声と波長が合ったということも考えられるだろう。

「なんと言っているのだ？」

ゼシアが言う。

「……早く目覚めた……」

「早く目覚めた？」

いったいなにが、という風にエレオノールがレイと顔を見合わせる。

「……早く目覚めた……子には……」

エレオノールがうなずき、続きを待つ。

「……ご褒美《ほうび》……アップルパイ……」

「霊神人剣は絶対そんなこと言わないぞっ!!」

ただの願望であった。

しかし、なおも真剣ぶった表情でゼシアが言う。

「世界……救う……あるかもしれません……」

「ないぞっ。絶対ありえないぞっ。どうやってアップルパイで世界を救うんだっ？」

「……ありえないこと……人……それは奇跡……言います……」

「もーっ。それはアップルパイ食べたいときに言う台詞《せりふ》じゃないぞっ。どこでそんなこと覚えてきたんだっ？　エールドメード先生の真似《まね》しちゃ、悪い大人になっちゃうぞ」

購買食堂の前でパンを立ち食いしていた熾死王が、気にしたようにこちらを向く。

俺とレイは顔を見合わせると、互いに笑みを浮かべた。

「そんな訴えなら、言うことないけどね」

「まったくだ」

§3.【納得】

第三深層講堂。

闘技場の観客席のように円形階段状になった席が設けられており、そこに多くの生徒たちが詰め寄せていた。

特例の法廷会議を前にして、パブロヘタラの学院同盟、全一八二学院が集っているのだ。さすがに全員は入りきらぬため、各学院とも、元首や要職を始めとした少人数に制限されている。

それでも、円形の室内はぎっしりと人で埋め尽くされていた。

中央の教壇は、六角形となっており、格式高い机と椅子が設置されている。周囲の席からは、教壇を上から覗《のぞ》くような格好だ。

すでに裁定神オットルルーはそこに立っており、聖上六学院の各代表が着席していた。

序列一位。魔弾世界《まだんせかい》エレネシア。深淵総軍《しんえんそうぐん》一番隊隊長ギー・アンバレッド。

序列二位。聖剣世界《せいけんせかい》ハイフォリア。元首、聖王《せいおう》レブラハルド・ハインリエル。

序列三位。鍛冶世界《かじせかい》バーディルーア。元首、よろず工房《こうぼう》の魔女《まじょ》ベラミー・スタンダッド。

序列四位。傀儡世界《かいらいせかい》ルツェンドフォルト。元首代理、人型学会《ひとがたがっかい》の軍師レコル。

序列五位。災淵世界《さいえんせかい》イーヴェゼイノ。元首代理ナーガ・アーツェノン。

序列四位だった夢想世界《むそうせかい》フォールフォーラルが滅びたために、それ以下の学院は順位を繰り上げ、第六位は空席である。

俺は教壇の中央付近に立っていた。

「しかし、なんだねぇ」

嗄《しわが》れた老婆の声が響く。

ベラミーは足を机に投げ出しながら、規律正しく着座しているギー・アンバレッドに言った。

「こんなときまで来ないなんて、エレネシアの大提督殿はいったいどこでなにをしているのさ？」

「は。回答できません」

実直な声で、軍人らしくギーは答えた。

「議題はミリティアの聖上六学院入りについてだろう？　大提督殿が来たら面倒臭いことになりそうだと思ったんだが、来なけりゃもっと面倒臭いことになりそうじゃないか」

世間話のようにベラミーが言う。

「本件においては、ジジ大提督より、全権を預かっております。自分の言葉は、魔弾世界エレネシアの決定とご判断ください」

「そうかい？　あたしゃ、てっきり出席せずに後でごねるつもりなんじゃないかと思ったけどねぇ」

背もたれに倒れ、ベラミーは頭の上で手を組んだ。

「より深いところにいる者が、浅いところにいる者を管理するってのが大提督殿のお考えだ。泡沫《ほうまつ》世界が聖上六学院入りするかもしれないってのに、姿を見せないのは腑《ふ》に落ちないね」

すると、レブラハルドが口を開いた。

「案外、大提督殿も大人になったのかもしれない。来なければ、反対しなくて済むからね」

「そんな殊勝なタマかねぇ、あの御仁が」

独り言のようにベラミーはぼやいた。

「彼が後でなにを言おうとも、法が覆《くつがえ》ることはない。パブロヘタラではエレネシアが一番深層にあるといってもね」

「ふーん。協調性のない人なのね、大提督さんは」

ナーガが軽い調子で言う。

口ぶりからして、魔弾世界の元首に会ったことがないのだろう。

「アーツェノンの滅びの獅子《しし》ほどの協調性があれば、話が早かったのかもしれないね」

「あら？　それって話し合いなんて無意味って意味かしらね？」

「そうは言っていないつもりだよ」

笑みを浮かべるレブラハルドに、ナーガが同じく笑顔で応じる。

「そういや、レコル。ルツェンドフォルトの次の元首はあんたなのかい？」

二人の小競《こぜ》り合《あ》いに嫌気がさしたか、ベラミーがそう話題を変えた。

レコルは僅かに顔を上げる。

相変わらず闇を纏《まと》った全身鎧《よろい》の姿のままだ。

パリントンもそうだったが、傀儡《かいらい》世界というだけあって、ルツェンドフォルトの者は皆、人形を器にしているのやもしれぬ。

「元首は決まっていない。傀儡皇《くぐつおう》の決定待ちだ」

「まあ、ルツェンドフォルトは聖上六学院が泡沫《ほうまつ》世界だろうと構わないんだろうがねぇ」

これまでの話を聞く限り、魔弾世界エレネシアはミリティアが泡沫《ほうまつ》世界であることに懸念《けねん》を示しているようだな。

他の小世界の中にも不服に思う元首は多くいるだろうが、さて、どうなることやら？

「定刻になりました。それでは只今《ただいま》より、六学院法廷会議を行います」

オットルルーの声が講堂中に響き渡る。

円形階段状の席に座った生徒たちが姿勢を正し、あるいは教壇へ視線を向けた。

「先だってお伝えしました通り、聖上六学院の一つ、夢想世界フォールフォーラルが何者かによって滅ぼされました。その首謀者と目される人物を捕らえ、パブロヘタラにて真偽の確認を行いました」

オットルルーが、赤いわら人形をかかげ、魔法陣を描く。

その姿が球形黒板に拡大して映し出された。

途端に、元首たちが視線を険しくした。

「あれは……？」

「……人型学会の……人形皇子……」

その魔眼にて深淵《しんえん》を覗《のぞ》き、赤いわら人形が宿す根源を、元首たちは正しく見抜いた。

「首謀者の名は、傀儡《かいらい》世界の元元首パリントン・アネッサ。彼がその手で、フォールフォーラルを滅ぼしたと自白しました。使われた滅びの魔法、《極獄界滅灰燼魔砲《エギル・グローネ・アングドロア》》の行使が可能なことも確認がとれています」

講堂中がざわめき立った。

「……まさか……パブロヘタラ内部に……！　それも、イーヴェゼイノではなく、ルツェンドフォルトとは……！」

「デタラメだと思っていたが、この号外が、事実とはな……」

元首の一人が、手にした魔王新聞の号外を睨《にら》む。

「ということは、首謀者を生け捕りにしたあの泡沫《ほうまつ》世界が、聖上六学院に——」

「軽はずみなことを言うなっ！　そこまで事実とは限らん！」

推測が飛び交い、一時騒然とした講堂だったが、オットルルーの言葉を待つように、やがて静まり返った。

「パリントンを首謀者と突き止め、生け捕りにしたのは序列一八位、魔王学院の元首アノスです。その功績により、パブロヘタラは彼らを序列六位に昇格させます。賛成の者は——」

挙手を、とオットルルーが口にするより先に、レブラハルドが起立していた。

「その前に、一ついいかな？」

「元首レブラハルドの発言を許可します」

オットルルーがそう口にすると、レブラハルドの姿が球形黒板に映し出された。

「首謀者を捕らえた学院は、聖上六学院に迎え入れる。これは、事前に通達があった通り、六学院法廷会議の決定事項であり、今回は形式上のことに過ぎない。聖上六学院すべてが反対するか、あるいは元首アノスが辞退でもしない限り、それは覆《くつがえ》せない」

各小世界の元首たちへレブラハルドは説明する。

「ただし、私たち学院同盟の中には、主神の存在しない泡沫《ほうまつ》世界が聖上六学院入りすることに一抹の不安を抱く者もいるだろう」

何人かの生徒は大きくうなずいている。

「そこでまず、そなたたちの意見を聞きたい。六学院法廷会議の決定に直接の影響こそ与えないものの、我々五人の考えは変わるかもしれない」

レブラハルドは、俺を振り向く。

「あるいは元首アノスの考えも」

それを受け、オットルルーが言った。

「元首レブラハルドの提案を認めます。それでは、序列七位以下の学院にて裁決を行います。なお、採決の結果は決議に影響を与えることはありません。それでは、魔王学院の昇格に賛成の者は挙手を」

まばらに手が挙がった。

銀城《ぎんじょうせ》世界《かい》バランディアスのザイモン。粉塵《ふんじんせ》世界《かい》パリビーリャの元首リップ。思念《しねんせ》世界《かい》ライニーエリオンの元首ドネルド。それと残り四名か。

「賛成七。反対一六九。よって反対多数となります」

ふむ。

主神のいない小世界を受け入れられぬという理由が一つ。残るは、賛成した事実を作りたくないといったところか。

序列一位の魔弾世界エレネシアは、泡沫《ほうまつ》世界を認めぬ方針のようだからな。大提督ジジが後でごねるつもりとベラミーが危惧したのなら、その他の学院とて同じように考えても不思議はない。

どのみち結果は変わらぬのだ。

ここで迂闊《うかつ》に賛成して、魔弾世界に目をつけられたくはあるまい。

そして、その心理を利用したのが――

「元首アノス」

恐らくは、この男、レブラハルドだ。

「パブロヘタラの殆《ほとん》どが反対のようだが、昇格には影響しない。このまま進めても構わないが、そなたが彼らの判断を尊重することもできる」

この男は法を守る。

法廷会議で決まった以上、ミリティアの聖上六学院入りは覆《くつがえ》せない。

ただし、決定はあくまで権利であって、義務ではない。

「ふむ。辞退しろと言っているようにも聞こえるが？」

「あくまで選択肢を用意したにすぎない。反対を押し切って聖上六学院に入るもよし、彼らに認められるまで待つもよし。どの道が正道か、選ぶのはそなただ」

イーヴェゼイノでは可能な限りの納得が必要だ、とは言っていたが、なかなかどうして回りくどい手を打つものだ。

パブロヘタラの意思決定は、主に聖上六学院による法廷会議だ。

だからといって、他の学院を完全に無視するわけにもいかぬというのが実情だろう。

これだけの規模の同盟だ。

ある程度は汲《く》んでやらねば、不満が続出して、組織は瓦解《がかい》する。

つまり、殆《ほとん》どの学院が反対した事実があるなら、ミリティアが聖上六学院に入ったとて、その権力は有名無実化する。

こちらの発言力を削《そ》ぐのが狙いか。

「序列を上げたいわけでもなし、こう反対が多くては肩身も狭い。大層な肩書きをもらうのならば、学院同盟には納得してもらわねばな」

レブラハルドがうなずく。

「では、今回は見送るということで、構わないね？」

「なにを誤解している？」

レブラハルドが、ピクリと眉を上げた。

俺はその場から宙へ飛び上がる。

ぐるりと周囲の席を見回し、堂々と言った。

「反対者は立つがよい。お前たちが決めたルールに従い、お前たち全員を打ち負かし、完膚なきまで納得させてやる」

§4. 【元首と歴史】

「勘違いも甚だしいのう」

辛辣な声が上がり、元首の一人が立ち上がった。

皮膚が赤く、異様に鼻の長い男だ。

「ミリティアが泡沫《ほうまつ》世界である以上、貴様ら魔王学院は聖上六学院に相応《ふさわ》しくないのじゃよ。浅きは奪われ、深きが君臨する。それがこの銀水聖海の秩序じゃからのう。理を逸脱しようとする貴様らは、それゆえパブロヘタラにどのような影響を与えるか皆目見当がつかん」

顎に手をやりながらも、男は言う。

「確かに魔王学院には多少の力があろうのう。イーヴェゼイノを序列戦で下したならば、聖上六学院にも劣るまい。じゃが、主神のいない銀泡は長くもたぬのが世の常よ。あるいは、滅びかけの小世界がもたらす最後の煌《きら》めきだとすれば、それだけの力も納得がいくというものじゃて」

「ふむ。お前の名は？」

「序列一一位。瘴気世界《しょうきせかい》ヒンズボル元首、天狗大帝《てんぐたいてい》ガオウじゃ」

老獪《ろうかい》さを滲《にじ》ませながら、ガオウはそう名乗りを上げる。

「これだけは理解しておくことじゃ、泡沫《ほうまつ》世界の元首よ。どれだけ強く、いかに聡明《そうめい》であろうとも、浅薄な覇者などこの海では認められん」

「ガオウ殿の言う通りですね」

声とともに、目つきの鋭い女が立ち上がる。

紺碧《こんぺき》の髪は長く、耳は魚のひれのようであり、頭には貝の髪飾りをつけている。周囲には水の玉が浮かんでいた。

「水算女帝《すいさんじょてい》リアナプリナの名のもと、水算世界《すいざんせかい》サイライナも魔王学院の昇格に反対を表明します」

「右に同じ」

「我が世界も、不適合者など認められん」

堰《せき》を切ったかのように、次々と各小世界の元首たちが立ち上がる。

その数――一六九名。

「ルールを決めろ……と言うたがのう、ミリティアの元首よ。残念じゃが、どんな勝負で勝ったところで、我々は決して今の魔王学院を認めはせん。百回勝とうが、千回勝とうが、聖上六学院全てを倒そうが同じことじゃて。奇跡の象徴たる主神を目覚めさせてから、出直すことじゃ」

天狗《てんぐ》大帝ガオウが言う。

他の元首らもそれに同意するように俺を睨《にら》んでいる。

「相手が俺一人でもか？」

「なに？」

「配下に手出しはさせぬ。反対者全員でかかってこい。お前たちが勝ったならば、今後聖上六学院には入らぬことを誓おう」

一瞬の間の後、警戒するようにガオウは視線を鋭くした。

「……残念じゃが、その手には乗れんのう……貴様の実力は百も承知じゃ、侮《あなど》るような真似《まね》は――」

「……。……なんじゃと？」

「右手は使わないでおいてやる」

「不服か？　ならば、両手でどうだ？」

ガオウは唇を引き結ぶ。

だが、すぐには乗ってこない。

思いのほか慎重なことだ。

「どうした？　両手が使えぬ上に、ルールはそちら次第だ」

「よう言うたもんじゃがのう。腕相撲で勝負をすると言えばどうする？」

「やってみるか？　両手の使えぬ俺と、腕相撲を」

思案するように、ガオウが黙りこくる。

もう一押しといったところか？

「ガオウ殿」

口を挟んだのは、水算女帝リアナプリナだ。

彼女の周囲にあった水の玉が集まり、算盤《そろばん》ができている。リアナプリナはそれを指先で弾き、嫋《たお》やかに言った。

「彼の手に乗るのは得策ではありません。両手の使えない元首アノスと腕相撲をしても、勝機は九分九厘変化しません。わたくしたちの勝率は零です」

なかなかよい魔眼《め》をしている。いや、魔眼《め》というよりも、あの水の算盤《そろばん》か。

精霊魔法だ。ゆえに原理は定《さだ》かではないが、両手が使えずとも腕相撲では俺が勝つという答えを弾《はじ》き出《だ》したのだろう。

「フム。水算女帝の計算に従おうかのう」

ガオウが言う。

彼女の計算には、それだけ信頼があるのだろう。

「貴様は、聖道三学院の洗礼を軽く突破した男じゃ。あの二律僭主《にりつせんしゅ》と渡り合ったという噂《うわさ》もある。ならば、不可侵領海級の敵と見なすべきじゃて」

ガオウがそう口にすると、続いてリアナプリナが言った。

「元首アノス。あなたは強い。けれども、勝負をしないわたくしたちに勝つことはできません。聖上六学院に入りたいのなら、好きにすればいいでしょう」

「誰も認めはせんがのう」

奴《やつ》らの判断は間違ってはいない。強大な敵を相手にしようと、勝負の土俵に上がらなければ負けはせぬ。

だが、今の奴《やつ》らには見えていないものがある。

「拍子抜けだな。学院同盟の元首たちが、雁首《がんくび》そろえて俺一人に勝つ方法が思いつかぬか？」

口を閉ざす元首たちを、俺はぐるりと見回す。

「そんな安い挑発に乗ると思うかの？」

「挑発？　そう思うか？」

ガオウは眉一つ動かさない。

リアナプリナも平然とした表情で、水の算盤《そろばん》を弾いている。

「お前たちパブロヘタラの連中は、主神が不可欠な存在のように語っているが、本当にそうか？　少なくとも我がミリティア世界は、そんなものがなくとも不自由なく回っているぞ」

「それが愚者の考えというのを、歴史が証明しているのじゃ。これまで、このパブロヘタラの学院同盟において、どんな小世界も、主神なしには存続させることができなかったからのう。ミリティア世界も、いずれは破綻し、海の藻屑《もくず》と化すじゃろうて」

「歴史とは、作るものだ」

元首たちの鋭い視線が、俺に突き刺さった。

「不遜にもほどがあるのう、ミリティアの元首よ。我らパブロヘタラの歴史を、数多《あまた》の滅亡の末に辿《たど》り着《つ》いた学びを、侮《あなど》るというのか？」

「歴史を口にするのならば、知っていよう。新たな真実を見つけるのは、決まって一握りの開拓者だ」

ガオウとリアナプリナだけではなく、この場の元首たち全員に俺は告げる。

「どれだけ悠久のときが流れ、いかに多くの小世界が滅亡したか知らぬ。だが、パブロヘタラの歴史に、これまで俺はいなかった。それが答えだ」

「……傲慢極まりないのう……」

声は抑えているが、その言葉には怒りが滲《にじ》んでいる。

「数多《あまた》の世界より集めた叡智《えいち》が、貴様一人の浅知恵に劣るというかっ？　そんな愚かな言葉を、誰が信じるというのじゃ？」

「ならば、ここにいる一六九人の元首で、叡智《えいち》を結集させ、俺に知恵比べを挑めばよい」

反論しようとした天狗《てんぐ》大帝ガオウは押し黙り、表情を険しくする。

「お前たちはルールを自由に決められる。これだけの人数、これだけの知恵と力を合わせ、なお俺一人に挑む気にもなれぬというなら、そんな有象無象の納得など必要がないのではないか？」

反対派の元首たちは、皆、苦渋の表情を浮かべる。

そこへ俺は畳みかけた。

「勘違いしてくれるな、小世界の元首どもよ。俺はお前たちに、チャンスをくれてやったのだ。返す言葉が歴史以外にないというなら、己の世界に引きこもり、掘り起こした化石にでも話しかけているがよい」

ミリティア世界が聖上六学院入りするのは、そもそもパブロヘタラの決定だ。

他の学院の納得もあるに越したことはないが、議論を交わすに値しない相手なら話は異なる。

その事実を奴《やつ》らへ突きつけたのだ。

「元首として、これからの歴史を作る者だというのなら、ここで相応の知恵を示せ」

「……その手には乗らんと――」

「いいでしょう」

ばっとガオウが振り向く。

承諾したのは、水算女帝リアナプリナである。

「わたくしたちが未来を見ていないと思われるのは不快です」

「……リアナプリナ女王……万が一、負ければ、奴《やつ》を認めたということになってしまうのじゃぞ。実利より、誇りをとるような判断は思いとどまるがよかろうて」

「そちらがよくお考えになることですね。彼は、挑まなければ、わたくしたちの反対など無視し、聖上六学院に入ると言っているのですよ」

「認めたことにはならん」

リアナプリナはため息をつく。

「お話になりませんね。あなたこそ、実利より嫌がらせをとるような小さなことはおやめなさい」

「ぬ……なんじゃとっ、貴様。昔ならいざしらず、今は序列一三位の分際じゃろうが……」

「それがしも、リアナプリナ女王に賛成だ」

「なにぃ……」

ガオウが忌々《いまいま》しそうに声のした方角に視線を向ければ、そこにいたのは聖道三学院——聖句世界の大僧正ベルマスであった。

「いかに反対の立場とはいえ、泡沫《ほうまつ》世界である限りは決して認めない、というのはパブロヘタラの格式にも関わるであろう」

「……う、ぬ……しかし……」

「なにか？」

「……聖句世界の元首が、そう言うのであれば……義理を果たさねばなるまいのう……」

聖句世界アズラベンの方が序列が上だからか、ガオウはそう言って引き下がった。

「他に文句のある者はいるか？」

そう問うも、言葉を返す者はいない。

全員が完全に同意しているとも思えぬが、発言して矢面に立ちたくもないのだろう。

この中では序列が一番上の聖句世界がやると言っているのだからな。

最悪、責任を押しつけてしまおうという腹でも不思議はない。

「では、勝負のルールを決めるがよい」

「リアナプリナ女王」

大僧正ベルマスが言う。

「そなたの考えは？」

「お望み通り、知恵を、そして侮《あなど》られたわたくしたちの力を戦わせましょう。パブロヘタラの古い伝統に則《のっと》り、なおかつ彼が得意とする滅びの魔法が使えない形式、つまり――」

リアナプリナが自信ありげに、水の算盤《そろばん》を弾く。

「銀水将棋《ぎんすいしょうぎ》で」

§5.【銀水将棋】

　オットルルーが片手を伸ばし、深層講堂に備えられた転移の固定魔法陣へ魔力を送る。

「銀水将棋は《絡繰淵盤《からくりえんばん》》上でしか行うことができません。宮殿の最深部へ移動しますが、よろしいですか？」

「構わぬ」

「それでは転移します」

　転移の固定魔法陣が起動し、目の前が真っ白に染まる。次の瞬間、俺の視界に映ったのは氷の床だった。

　それは、どこまでも延々と続いて見える。周囲はまるで黒穹《こつきゆう》のように暗い。足下からの仄《ほの》かな光がぼんやりと俺たちを照らすばかりだ。

「……なにこれ？　普通の氷じゃないわよね……？」

　サーシャがしゃがみ込み、不思議そうに氷に手を触れる。

　ミーシャはじーっと神眼《め》を凝らし、氷の床の深淵《しんえん》を覗《のぞ》いた。

「……銀水？」

「はい。凍ることがないといわれる銀水ですが、《絡繰淵盤《からくりえんばん》》はそれを凍らせて創っています」

　オットルルーはそう言い、足下に大きな魔法陣を描く。

　現れた鍵穴へ、彼女は巨大なねじ巻きを差し込み、ぎぃ、ぎぃ、ぎぃ、と三度回した。

「《絡繰淵盤銀水将棋《ラジナ・ネド・エスラ》》」

氷の床――《絡繰淵盤《からくりえんばん》》が輝き始め、その表面に広い大空が映し出された。

途端に暗闇に空が現れ、大きく広がっていく。

瞬《また》く間《ま》に氷の床は大地へと変わった。

木々が立ち並び、現れた草原が風にそよぐ。

地平線は遠くどこまでも続いており、俺の魔眼《め》で見ても果てがない。

そこかしこにあるのは廃墟《はいきょ》だ。

荒れ果て、ボロボロになった都の風景が地平線の彼方《かなた》まで続いている。

「……元首の子たちはどこだろうか？」

アルカナが問う。

ここにいるのは魔王学院の生徒のみで、他の元首たちの姿はない。

「彼らは北側の陣営へ転移しました。銀水将棋は創造魔法を使い、駒を生産し、それを奪い合う模擬戦争。勝利条件は敵軍の王の校章を奪うことです」

オットルルーが俺の胸につけられたパブロヘタラの校章を指す。

「ふむ。盤上遊戯かと思ったが、自分が駒になるのか？」

「術者と創造される駒はいずれも兵であり、持てる力すべてを駆使して勝利を目指します。駒への直接攻撃も可能。ルール違反は存在しません」

俺を直接戦闘には参加させないつもりかと思ったが、違うようだな。

ルールで縛るわけでもない。

それでもなお、勝算があるというわけか。

面白い。

「あちらの王は、元首リアナプリナに決まったようです」

水算世界サイライナの水算女帝だったか。序列は聖句世界の方が上だが、銀水将棋をやると言い出したのは彼女だからな。

『元首アノス』

リアナプリナから《思念通信》《リークス》が届く。

『銀水将棋の仕組みをオットルルーに確認してください。駒を創るのには創造魔法の術式を覚える必要もあります。準備は一時間で足りますか？』

「不要だ。やりながら覚えた方が早い」

『……それは、わたくしたちを侮《あなど》っているのですか？』

俺の言葉がかんに障《さわ》ったか、険のある声が返ってきた。

「違うな」

『では、どういう――』

「お前たちが俺を侮《あなど》っているのだ」

一瞬の間の後、リアナプリナは鋭く言った。

『けっこう！　では、教えて差し上げましょう。あなたが甘く見たわたくしたちの歴史と主神、そして世界の重さを』

《思念通信》《リークス》が切断される。

「始めてよいそうだ。手間をかけるが、適宜解説を頼む」

「承知しました」

オットルルーが頭上を見上げる。すると、銀海クジラが二匹、大空を飛んできた。

一匹は背にレブラハルドやナーガら聖上六学院の元首を乗せている。もう一匹は、魔王学院の生徒たちの近くまで下降してきた。

「魔王学院の方々はあちらで観戦願います」

オットルルーが言うと、生徒たちは《飛行《フレス》》で飛び上がり、次々と銀海クジラの背に乗っていく。

その途中で振り返り、サーシャが言った。

「アノス。わかってると思うけど」

「なに、負けはせぬ」

「誰がそんなこと心配してるのよ？　わたしたちがクジラの上にいることを考えて戦ってちょうだい」

言葉は返さず、俺は笑みを見せてやった。嫌な予感がするといった顔で、サーシャは軽く身を引いた。

「……流れ弾に気をつけるわよ……」

こくり、とミーシャがうなずく。

「準備が整いました。只今《ただいま》より、元首アノスと元首リアナプリナ率いる合同学院による銀水将棋を開始します」

オットルルーから合図が出されると、北側の陣営、遠い空に魔法陣が描かれた。

見覚えのある術式――《創造建築《アイリス》》だ。すると、その魔法陣に青々とした蛍のような光が集う。そちらも見覚えがある――

「――火露《ほろ》か」

俺の言葉を受け、上空にいるオットルルーが《思念通信《リークス》》で解説した。

『《絡繰淵盤銀水将棋《ラジナ・ネド・エスラ》》の力により、元首の意思でその世界の火露《ほろ》を《絡繰淵盤《からくりえんばん》》上に出現させることができます。そして、その火露《ほろ》が銀水将棋の駒となります』

《創造建築《アイリス》》が発動すると、火露《ほろ》が輝き、変形していく。

完成したのは、三つの物体。

硝子《ガラス》、帆《ほ》、人形である。その三つの物体がある場所へ、リアナプリナが飛んできた。

「妙な物を創ったな、リアナプリナ。それをどう駒にするのだ？」

そう《思念通信《リークス》》を飛ばす。

「ですから、準備の時間を与えたというのに」

ため息交じりに彼女は言う。

「ご覧になるといいでしょう」

彼女は指先を伸ばし、硝子《ガラス》と帆と人形を魔法線でつなぐ。

「《三位一体《ジルクセイド》》」

硝子《ガラス》、帆、人形の輪郭が歪《ゆが》み、三つが交わる。彼女は歌うように詠唱した。

「硝子《ガラス》の血管、帆の心臓、四肢は人型。三つ交わり、一なりて、深く潜れ、銀水機兵《ぎんすいきへい》」

硝子《ガラス》、帆、人形が融合し、淡い光をまき散らす。その中から現れたのが、帆の翼を持つ硝子《ガラス》人形だ。

神々《こうごう》しい魔力が、全身から発せられていた。

「おわかりになりましたか？」

リアナプリナが言う。

「火露《ほろ》は命の秩序。その量は世界の深さを左右する小世界の根幹。銀水将棋は、小世界そのものを駒にするといっても過言ではありません」

火露《ほろ》を失えば、世界は滅ぶ。火露《ほろ》の多寡は、小世界全体の魔力の多寡に直結する。火露《ほろ》を駒にするというのは、確かに世界そのものを駒にしているに等しいだろう。

「あなたがこれから相手にするのは、一六九もの小世界です。ミリティア世界の元首アノス・ヴォルディゴード」

リアナプリナの言葉と同時、上空にいた銀水機兵の姿がブレた。瞬《まばた》きをするより早く、遙《はる》か彼方《かなた》にいたその硝子《ガラス》人形が俺の目の前に着地していた。

「《極獄界滅灰燼魔砲《エギル・グローネ・アングドロア》》」

魔法陣の砲塔に、七重螺旋《らせん》の黒き粒子が渦を巻く。

だが――

《極獄界滅灰燼魔砲《エギル・グローネ・アングドロア》》の魔力が、霧散していく。この場に構築された神域のような空間、《絡《から》繰淵盤《くりえんばん》》の中に吸い込まれていくのだ。

オットルルーの声が響く。

『《絡繰淵盤《からくりえんばん》》上では、駒以外の攻性魔法は吸収されます』

なるほど。これが――滅びの魔法が使えない形式、か。

銀水機兵が、《極獄界滅灰燼魔砲《エギル・グローネ・アングドロア》》の砲塔を、硝子《ガラス》の腕で振り払う。霧散しかけていた魔法陣は、容易《たやす》く消し飛んだ。

「これが、銀水将棋です」

リアナプリナの声とともに、硝子《ガラス》の右腕が俺の顔面に突き下ろされる。

張り巡らせた《四界牆壁《ベノ・イエヴン》》を容易《たやす》く貫き、莫大《ばくだい》な魔力の光が、その拳を中心に弾《はじ》けた。

「その拳の重さは、水算世界サイライナの重さ。世界そのものと殴り合いをすれば、あなたの勝率は――」

硝子《ガラス》が砕け散る音が響き、リアナプリナが算盤《そろばん》を弾く手を止める。土手っ腹に突き刺さった俺の拳に耐えきれず、銀水機兵が木っ端微塵《こっぱみじん》に弾《はじ》け飛んだのだ。

宙に舞う硝子《ガラス》の破片が、青々とした火露《ほろ》の光に戻っていく。

「よい一撃だ」

コキコキ、と首を鳴らす。

頬にはじんわりと鈍い痛みが残っている。

世界そのものの重さとは、なかなかどうして的確のようだ。この銀水将棋ならば、俺の攻性魔法を封じ、奴《やつ》らは実力以上の力で戦える。

「だが、算盤《そろばん》を弾き違えたのではないか？《極獄界滅灰燼魔砲《エギル・グローネ・アングドロア》》を吸収して壊れぬなら、俺の滅びの根源を多少解放しても、この場はそうそう破壊されぬ」

ミーシャが創る三面世界《魔王庭園《まおうていえん》》と同様、その分だけ力を出せる。リアナプリナは自分たちが有利な領域に俺を引きずり込んだつもりやもしれぬが、実際には逆だ。

「残り一六八世界」

手のひらを上へ向け、指先で軽く手招きする。

「まとめてかかってくるがよい」

§6.【王手】

青々とした無数の蛍火が、ゆるやかに空へ昇っていく。

その隙間に視線を飛ばし、あちらの出方を窺《うかが》っていると、オットルルーが言った。

『銀水将棋では、倒した駒の火露《ほろ》を回収し、自らの駒として使うことが可能です。回収した火露《ほろ》は、その小世界に所有権が移動します』

なるほど。駒の奪い合いと言っていたのは、そういうルールだからか。

「回収しなければどうなる？」

『一分が経過すると、火露《ほろ》の色が赤に変わり、駒としてはどの陣営も使用できなくなります。所有権の移動はありません』

好都合だな。

火露《ほろ》を回収せずとも、倒し続けていれば敵の駒は減る。

「…………………られん…………」

風に乗って、微《かす》かな呟《つぶや》きが飛んできた。

俺の耳は声が聞こえてきた方角を捉え、そちらへ魔眼《め》を向ける。

リアナプリナよりも遥《はる》か後方だ。

丘の上に、こちらの様子を見ている連中がいる。浅層世界の元首たちだ。

「……信じられん……銀水機兵の強さは、小世界そのものだぞ……」

「……それも序列一三位、水算世界サイライナの駒を、この《絡繰淵盤《からくりえんばん》》上で倒した……」

「どうやら、少なく見積もっても、奴《やつ》の拳には世界を滅ぼすだけの威力があるようですね」

「それこそ信じられんぞっ！　そんな途方もない力があるなら、泡沫《ほうまつ》世界であるミリティアなど奴《やつ》が存在するだけで滅びてもおかしくないっ！　いや、第七エレネシアとて、まったくの無傷というわけには……」

「……抑えていたというのか……それだけの力を……深層世界でさえも……」

「……暴虐の魔王……アノス・ヴォルディゴード……」

ごくり、と元首たちは唾を飲み込む。

「まさか……本当に、あの消えた魔王だというのか……？」

「……まだわからぬ。わからぬが……これでは銀水将棋が成り立たんっ！　駒を破壊し、火露《ほろ》を奪えるからこそ、駆け引きと戦術が成り立つのだ。だが奴《やつ》は、ミリティア世界の火露《ほろ》を危険に曝《さら》さずに、我々の火露《ほろ》を一方的に奪うことができる。これでは迂闊《うかつ》に持ち駒を使えん」

「だが、駒を使わなければ、勝ち目などない……どうするつもりだ？」

「世界を犠牲にはできん。仕方なかろう。そもそも、勝負の方法に銀水将棋を選んだリアナプリナ女王の判断が、間違っていたということだ」

その言葉に、浅層世界の元首たちは反論することができなかった。

拳を握り、奥歯を噛《か》みながら、彼らは立ちつくす。

やがて、その中の一人が言った。

「……残念だが、この勝負、投了する他に道は――」

「浅い、浅い。まっこと浅はかなものの見方じゃて。さすがは浅層世界だのう」

やってきたのは、異様に鼻の長い男。

瘴気《しょうき》世界ヒンズボル元首、天狗《てんぐ》大帝ガオウである。

「この勝負、我々の勝ちじゃ」

一切気負いなく、奴《やつ》はそう断言した。

浅層世界の元首たちは、皆、不可解そうな表情を浮かべている。

「……ガオウ殿……それはどういう……？」

「あれを見るのじゃ」

ガオウはその長い鼻で指し示すように空へ視線を向ける。銀水機兵を破壊した際に溢《あふ》れ出《だ》した火露《ほろ》が、青から赤へと変わっていた。

「火露《ほろ》が……」

「……どういうことだ？　なぜ、回収しなかった？」

疑問を浮かべる元首たちへ、ガオウは言う。

「パブロヘタラへ来たばかりの頃、奴《やつ》めはオットルルーにこう言ったらしいのう。泡沫《ほうまつ》世界から漏れ出る火露《ほろ》をなぜ戻してやらぬとな」

元首たちが、はっとしたような表情を浮かべる。

「バランディアスとの序列戦でも、主神を倒しておきながら、その火露《ほろ》を相手に返してやったと噂《うわさ》に聞く。儂《わし》ももしやとは思っておったが、これで得心がいったわい」

天狗《てんぐ》大帝は自らの長い鼻を更に伸ばす。

「元首アノス。奴《やつ》は他世界の火露《ほろ》を奪うことができんのじゃ。転生などというありえぬことを信奉する大うつけ者じゃて」

「……だが、回収できないフリをしているだけでは……？」

「今そんなことをしてなんの意味があるかのう？　回収すれば、それで奴《やつ》の勝ちが決まるのじゃぞ」

「……確かに……」

「だとすれば――」

「ええ。銀水機兵を倒されても、火露《ほろ》が回収されることはありません。つまり、こちらも全力でいけるということです」

諦めかけていた元首たちの目に光が戻る。上空のリアナプリナへ視線を向ければ、彼女は薄く微笑《ほほえ》んだ。

「世界そのものと殴り合いをすれば、あなたの勝率は一〇割。けれども、それはわたくしたちの団結を招く悪手です。銀水機兵を無視して、王を取るべきでしたね」

水算女帝が水の算盤《そろばん》を弾く。

銀水機兵一体で俺に勝てぬのは計算尽くというわけか。

リアナプリナの狙いは、あえて駒を単機特攻させ、火露《ほろ》が奪われないことを他の者に見せつけること。

元首たちの優先順位は己の世界の火露《ほろ》が第一だ。その心配を払拭《ふっしょく》してやれば、すべての火露《ほろ》を出し惜しみなく銀水将棋に注《つ》ぎ込《こ》める。

「一三位の女の言いなりというのは気に食わんが、腐っても元聖上六学院じゃからのう。リアナプリナが持つ流玉《りゅうぎょく》の算盤《そろばん》は、あらゆる戦局を計算し尽くす。あの女にはすでに決着の瞬間が見えているじゃろう」

ガオウが鼻を鳴らし、勢いよく飛び上がった。

「この天狗《てんぐ》大帝に続け。浅薄な元首どもよ。勝てる勝負に怖《お》じ気《け》づくのは、阿呆《あほう》のすることじゃ」

《創造建築《アイリス》》の魔法陣を描きながら、ガオウはこちらへ向かってくる。その後を追い、次々と空を飛行していく元首たちが、同じく《創造建築《アイリス》》を使う。

動きを見せたのは約一二〇名ほどだ。残り五〇名、特に深層世界の元首は地上に潜み、慎重にこちらの出方を窺《うかが》っている。

「各々方《おのおのがた》っ！」

森から空に飛び上がり、言葉を放ったのは大僧正ベルマスである。

「リアナプリナ女王がその勇気と知謀にて、それがしらの勝ち筋を作られた。今こそ、一丸となって進軍するときっ！　万一、失った火露《ほろ》は我が聖句世界アズラベンが補填すると、この聖句にて契約しよう」

放たれた言葉が《契約《ゼクト》》と化す。それに調印しては一人、また一人と空に飛び立つ。

そうして、残りの五〇名全員が空へ飛び上がり、ベルマスと合流していく。

「この銀水将棋の王はリアナプリナ殿。それがしに従う者は、彼女の指揮下に入れ」

「「「応っ！」」」

「「「承知したっ！」」」

元首たちを引き連れベルマスが、リアナプリナのもとへ合流を果たす。

「ガオウ殿、ベルマス殿。ありがとうございます。おかげで駒が揃《そろ》いました」

「ふん。最初から、計算尽くじゃろうに、白々しいことじゃ」

天狗《てんぐ》大帝ガオウが言う。

「礼ならば、あの化け物を討ち取ってからだ。そなたも洗礼を見ていたなら知っていると思うが、駒が揃《そろ》っただけで優位に立てるような相手ではない。少なく見積もっても、これで五分と五分。いや、まだこちらの分が悪いと考えるべきだ」

大僧正ベルマスが言った。

「もちろん、強敵なのは、わかっています。ですが、ベルマス殿もこの銀水将棋における水算世界の戦績をご存じのはず」

フッとベルマスは笑う。

「無敗、だったな」

「獅子《しし》も海ではイルカに勝てない。《絡繰淵盤《からくりえんばん》》の覇者がいったい誰なのか、あの化け物に教えて差し上げます」

奴《やつ》らは一丸となって手をかざし、莫大《ばくだい》な魔力を放つ。

上空に何十もの巨大な魔法陣が描かれた。《絡繰淵盤《からくりえんばん》》の力が働き、そこに青々とした火露《ほろ》が集まってくる。《創造建築《アイリス》》の魔法で硝子《ガラス》、帆、人形の三つが次々と創られた。

「《三位一体《ジルクセイド》》」

硝子《ガラス》、帆、人形の輪郭が歪《ゆが》み、三つが交わる。

「硝子《ガラス》の血管、帆の心臓、四肢は人型。三つ交わり、一なりて、深く潜れ、銀水機兵」

リアナプリナの詠唱に続き、他の元首たちも《三位一体《ジルクセイド》》を使う。

三つの物体が融合し、帆の翼を持つ硝子《ガラス》人形――銀水機兵が現れる。

合計五〇体だ。

「さあ、参りましょうか」

リアナプリナや他の元首たちは光と化し、吸い込まれるように銀水機兵の中へ入っていく。

駒を直接操り、同時に王であるリアナプリナを人形の中に隠す、か。

「来るがよい」

上空から、目にも留まらぬ速度で銀水機兵たちが突っ込んでくる。

いの一番に接近を果たした硝子《ガラス》人形の手刀をくぐり、拳に黒き螺旋《らせん》を纏《まと》わせる。

すれ違いざまに、その土手っ腹をぶち抜いた。

「……なるほど」

先程よりも、脆《もろ》い。粉々に砕け散った銀水機兵から青々とした火露《ほろ》が漏れていくが、その数はやはり一体目の駒より遥《はる》かに少なかった。

使用する火露《ほろ》の量に応じ、銀水機兵の強さが変わる。少ない火露《ほろ》で創った囮《おとり》の駒と、数界分の火露《ほろ》を結集した本命の駒がいるのだろう。

魔眼《めを》を凝らし、深淵《しんえん》を覗《のぞ》こうとするも、なかなかどうして区別がつかぬ。

「《絡繰淵盤《からくりえんばん》》の力ですよ。銀水機兵がどれも同じ駒に見えるように偽装しているのです」

目の前の銀水機兵が、リアナプリナの声を発する。

軽く跳躍し、そいつの頭へ踵《かかと》を落とす。硝子《ガラス》の破片が飛び散り、銀水機兵が真っ二つに砕け散った。

だが、中にいたのはリアナプリナではなく、別の元首だ。

「く……！」

すぐさま、そいつは《転移《ガトム》》でこの場を離脱していく。

「ふむ。喋《しゃべ》った駒の中にいるとも限らぬわけだ」

「どうでしょう？　移動しているだけかもしれませんよ？」

俺の四方から銀水機兵が襲いかかる。

両の拳で左右の二体を砕き、前後からの攻撃を跳躍してかわす。同時に両足で、その顔面を破砕した。

火露《ほろ》が溢《あふ》れ出《だ》し、銀水機兵の中にいた者がこの場から離脱していく。これで六体、今のところは火露《ほろ》の量が少ない雑魚《ざこ》ばかりだ。

「大砲」

リアナプリナの声が響き、《創造建築《アイリス》》で創られた大砲が、銀水機兵の左腕部に装着される。

「撃てっ！」

けたたましい音を立て、俺を包囲する銀水機兵が砲火した。

一瞬見えたのは《創造建築《アイリス》》の魔法陣。

火露《ほろ》にて砲弾を創造して、それを撃ち出しているのだろう。

大きく飛び退《と》きそれをかわすと、追撃とばかりに二発の砲弾が飛来した。黒き魔力を放出し、両手でそれらを受け止める。

手のひらが焼け、僅かに皮膚がめくれた。

「火露《ほろ》の砲弾か」

砲弾一発ごとに火露《ほろ》が込められ、その威力を高めている。

軽く深層大魔法ぐらいの威力はありそうだな。

「狙えっ！」

四体の銀水機兵が大砲を構える。

「撃てっ‼」

「もっとマシな大砲を持ってこい」

先に受け止めた砲弾を放り、足に魔力を纏《まと》う。

砲弾をボールの如《ごと》く蹴り飛ばす。それは俺に向かって飛んできた砲弾二つを弾《はじ》き返《かえ》し、銀水機兵四体を爆散させた。

すかさず、目の前の銀水機兵一〇体が大砲を構え、一斉に砲撃を始める。まるで俺の視線を釣るように。

「……囮《おとり》か」

派手な砲撃に隠れ、一体だけ静かに大砲を構えている駒がある。

集中砲火にじっと耐えながら、砲弾を一つわしづかみにし、包囲網を突破すると、俺は視線を飛ばした。

見通しの良《よ》い丘の上だ。そこに浮かんでいるのは《創造建築《アイリス》》で創られた盾と書物、そして絵の具である。

「《三位一体《ジルクセイド》》」

響いたのは天狗《てんぐ》大帝ガオウの声。次いで、リアナプリナが言った。

「盾を絵の具に、絵の具を書物に、書物を盾に。三つ交わり、一なりて、深きへ進め、深層階段──《深印《ドラム》》！」

盾、書物、絵の具が融合し、水の紋章がそこに出現した。銀水機兵が、その《深印《ドラム》》の中心に大砲を向ける。

「撃てっ!!」

その命令とほぼ同時だ。俺は手にした砲弾を、勢いよく狙撃中の銀水機兵へ投擲《とうてき》していた。

数瞬遅れ、銀水機兵の大砲から火露《ほろ》の砲弾が放たれる。

それは激しく、燦々《さんさん》と燃え上がった。

先程の砲撃とはまるで違う。あたかも青き熱線のようだ。俺が投げつけた砲弾を、いとも容易《たやす》く溶解させ、一瞬にしてこの身を飲み込む。反魔法が溶かされ、皮膚が焼けていく。

「今っ！　火露《ほろ》の出し惜しみはなしですっ！　ガオウ殿！」

「わかっとるわいっ！」

《創造建築《アイリス》》の魔法とともに、大量の火露《ほろ》が溢《あふ》れ出《だ》す。三つの物体が次々と創造された。

「盾を絵の具に、絵の具を書物に、書物を盾に。三つ交わり、一なりて、深きへ進め、深層階段――《深印《ドラム》》！」

四方八方から隠れていた銀水機兵が姿を現し、火露《ほろ》の大砲に《深印《ドラム》》を重ね、青き熱線を発射する。

「なるほど。《深印《ドラム》》は魔法をより深層に至らしめる。《創造建築《アイリス》》が深層魔法となり、創られる砲弾の威力も上がるわけか」

なかなかどうして、大した魔法だ。火露《ほろ》を惜しみなく使った集中砲火は、俺の守りすら突破し、体を焼く。

「王手です、元首アノス。《三位一体《ジルクセイド》》！」

槍《やり》を手にした一体の銀水機兵が俺に突撃してくる。

集めた大量の火露《ほろ》を材料に、その駒が《創造建築《アイリス》》で創ったのは、剣と大砲と羽根車だ。

「白刃《はくじん》と、火弾放つは、羽根車。三つ交わり一なりて、螺子《ねじ》穴穿《うが》つ、渦の風」

剣と大砲と羽根車が《三位一体《ジルクセイド》》にて融合し、火の紋章がそこに出現する。

「《深撃《ゼルス》》ッ!!」

火露《ほろ》の槍《やり》が金色に輝き、バチバチと稲妻を纏《まと》う。銀水機兵は黄金の雷槍《らいそう》を猛然と突き出し、俺の体を貫く。

「一〇〇界分の火露《ほろ》をその槍《やり》一つに束ねるとはな。見事な連携だ」

《深撃《ゼルス》》の槍《やり》は、脇腹の肉を抉《えぐ》ったのみ。根源には届いておらぬ。

「褒美《ほうび》をくれてやろう」

素早く引かれたその槍《やり》の柄を、俺は左手でわしづかみにし、押さえつける。

リアナプリナは言った。

「一手遅かったですね」

砲撃していた十数体の銀水機兵が槍《やり》を手に突っ込んでくる。

《深撃《ゼルス》》の魔法を纏《まと》わせながら。

「これで詰みです」

「どうかな？」

ニヤリと笑い、俺は魔法陣を描く。

「《涅槃七歩征服《ギリエリアム・ナヴイエム》》」

§7.【最善手の果てに】

禍々《まがまが》しい魔力が俺の全身から溢《あふ》れ、強く激しく渦を巻く。

瞬間、わしづかみにしていた黄金の雷槍《らいそう》が朽ち、黒き灰へと変わった。

「……な…………どうし…………!?」

「……攻性魔法は、《絡繰淵盤《からくりえんばん》》上では使えないはず……」

「攻性魔法ではないのでな」

根源で凝縮した滅びを表出し、俺の力を瞬間的に底上げする深化魔法。一挙手一投足、すべてが遙《はる》か深淵《しんえん》へ迫りゆく。

黄金の雷槍《らいそう》が灰燼《かいじん》と化したのは、あくまでその余波にやられたにすぎぬ。

敵を見据え、ゆるりと足を踏み出し、俺は一歩目を刻んだ。

足下に広がったのは巨大な魔法陣――

「《創造建築《アイリス》》」

展開した魔法陣から光がこぼれ、様々な物体が中空に創られていく。

襲いかかってきた十数体の銀水機兵は怯《ひる》まず、激しい魔力を放ちながら俺に突っ込んでくる。

「さ・せ・るかぁぁっ……！　今更、足の遅い創造魔法などっ……！」

「とったぁっ!!」

ガ、ギ、ギィイインッと甲高い金属音が鳴り響く。

俺が創造した剣と盾は、向かってきた幾本もの雷槍《らいそう》をすべて防ぎきる。

「一撃目を防ごうともっ！」

「これだけの数の武器、同時には操れまいっ!!」

俊敏に移動し、創造した武器の隙間から俺を狙うような動きを見せながら、銀水機兵は雷槍《らいそう》を振り上げる。

その瞬間、槍《やり》がボロリと朽ち果て、黒き灰燼《かいじん》と化した。

「……なっ……に……？」

《涅槃七歩征服《ギリエリアム・ナヴイエム》》を使えば、《創造建築《アイリス》》は正常に働かない。なにを創ろうと創造した物質に滅びが伴い、触れたものを害してしまうのだ。

「……ま、さ、か……こんな……」

空から聞こえてきたのは、天狗《てんぐ》大帝ガオウの声だ。

「……一〇界分の火露《ほろ》を込めた《深撃《ゼルス》》が、火露《ほろ》を使わずに創造した剣に……」

「ガ、ガオウ殿っ！　あれを……!?」

「奴《やつ》が使おうとしている、あの術式は……!?」

元首たちの声が、悲鳴のように飛び交う。

大地を踏みしめ、俺は新たな魔法陣を描いていた。

二歩目――

「《三位一体《ジルクセイド》》」

《創造建築《アイリス》》で創造した盾、絵の具、書物の輪郭が歪《ゆが》み、融合していく。

「盾を絵の具に、絵の具を書物に、書物を盾に。三つ交わり、一なりて、深きへ進め、深層階段――《深印《ドラム》》」

水の紋章が俺の足下に構築された。

「ばっ、馬鹿なっ！　《深印《ドラム》》をっ……一切火露《ほろ》を使わずにかっ……!?」

「……この魔力……この術式精度……信じられんっ！　奴《やつ》は滅びの魔法と同レベルで対極にあ

る創造魔法を操るというのかっ……!?」

　これまで淀《よど》みなく攻撃を実行していた銀水機兵たちの動きに迷いが生じる。俺の出方を窺《うかが》うように、奴《やつ》らは緩やかに後退していく。

「ふむ。リアナプリナ。お前の算盤《そろばん》はあらゆる戦局を計算し尽くすとのことだが、どうやら予測できぬことは計算に入れられぬようだな」

「それで十分です」

　リアナプリナの声が響く。

「あなたの力をすべて暴いてさえしまえば、わたくしはすべての結果を予知に近い精度で把握できますので」

「予知でわかるのは俺には勝てぬということだ」

「さあ、それはどうでしょうね？」

　俺は右手を頭の後ろに回し、背後から飛んできた砲弾を防ぐ。

　そちらへ視線を飛ばせば、追撃の機会を窺《うかが》っていた銀水機兵がピタリと固まった。

「……リ、リアナプリナ女王っ！　早く次の一手をっ！　奴《やつ》は《深印《ドラム》》に成功しました。もしかすれば銀水機兵や、《深撃《ゼルス》》までもっ……!?」

「突撃しましょうっ！　銀水機兵を量産されれば、ますます手に負えませんっ！」

「数の利がある今ならば、倒しきることができるはずっ!!」

　元首たちが、もう待てぬとばかりに騒ぎ立てる。

　しかし、リアナプリナは冷静そのものの口調で言った。

「いいえ、そのまま距離を取りなさい。近づけば、あの深化魔法の余波を受け、こちらの駒をいたずらに減らすだけです」

指示通り、銀水機兵たちが俺を包囲しつつも距離を取り始める。

「しかし、こちらの被害は減らせますが、《深印《ドラム》》の砲撃だけでは倒しきることが……」

「あれをご覧なさい」

銀水機兵の一体が剣で指す。

宙に浮かんでいる剣や盾、書物、大砲、羽根車など、俺が創造した物体が、ボロボロと崩れ始めているのが見えた。

「あの《涅槃七歩征服《ギリエリアム・ナヴィエム》》を使った場合、創造魔法にもかかわらず滅びを内包してしまい、長く形を保てません。要は、創れるのは欠陥品だけということです」

流玉の算盤《そろばん》の力か、気がつくのが早い。

足下の水の紋章も、元の物質が崩壊しようとしていることで、すでに欠け始めている。

だが――

「《三位一体《ジルクセイド》》」

三歩目を刻めば、大地が激しく震動する。

囮《おとり》となっていた弱い銀水機兵がそれによって粉々に砕け散った。

「ぐ、ぐぅぅっ……！」

「ぬぅぅ……こうも容易《たやす》くっ……！」

ほぼ同時に、剣と大砲と羽根車、三つの輪郭が歪《ゆが》み、それぞれが混ざり合う。

「白刃《はくじん》と、火弾放つは、羽根車。三つ交わり一なりて、螺子《ねじ》穴穿《うが》つ、渦の風」

俺の足下に火の紋章が浮かんだ。

「……《深撃《ゼルス》》までも……」

元首たちが息を呑む中、銀水機兵の一体が鋭い視線をこちらへ向けた。

「ご安心ください。勝機が見えました」

「真かっ？」

「しかし、あの化け物を相手に、いったいどうすれば……？」

「彼はこちらへの反撃手段に《深撃《ゼルス》》と《深印《ドラム》》を用いました。それはつまり、彼をして、この《絡繰淵盤《からくりえんばん》》の影響を無視することができないということ」

遠巻きに俺を警戒しながら、リアナプリナは元首たちにそう説明する。

「ですが、この銀水将棋の駒とルールで挑んでくるのでしたら、わたくしたちに一日の長があります。彼は《深撃《ゼルス》》と《深印《ドラム》》をたった今見たばかり。どれだけ魔力があろうと付け焼き刃です。しかし、こちらは術式のすべてを熟知しています」

リアナプリナは先程から《思念通信《リークス》》を使っていない。

「《深撃《ゼルス》》の一撃は深く狭い。秘奥《ひおう》を使えない彼では攻撃範囲は狭まり、一度に倒せて数体でしょう。《深印《ドラム》》ならばチャンスはありますが、深化可能な魔法とそうでない魔法が存在します。少なくとも、この一局の間にそれを知る時間はありません」

ふむ。言葉による駆け引きで、俺に迷いを生じさせるつもりか？

「つまり、彼は先程見せた《深印《ドラム》》による砲撃と、素手による《深撃《ゼルス》》でしか攻撃ができません。それならば――」

最後尾にいた銀水機兵が片手を上げる。《思念通信《リークス》》にて指示が出されたか、銀水機兵たちの周囲に、剣と大砲、羽根車が創造された。

《三位一体《ジルクセイド》》によりそれらが交わり、次々と駒の前に火の紋章が浮かんだ。

「「「白刃《はくじん》と、火弾放つは、羽根車。三つ交わり一なりて、螺子《ねじ》穴穿《うが》つ、渦の風」」」

そこかしこから、詠唱が反響する。

「「「《深撃《ゼルス》》」」」

黄金の雷槍《らいそう》が投擲《とうてき》される。

十本、二十本と、世界をも滅ぼしかねぬ槍《やり》が雨あられの如《ごと》く降り注いだ。それらは、俺が創り出した盾や剣、羽根車などを貫き、次々と破壊し始めた。

相当な量の火露《ほろ》が込められているのか、《涅槃七歩征服《ギリエリアム・ナヴイエム》》の余波にも対抗し、俺の守りを削っていく。

不可解なのは、投擲《とうてき》を繰り出しながらも、駒は各方向へ後退しているということだ。

「ふむ。時間制限でもあったか？」

『はい。貯蔵魔力を考慮し、銀水将棋の制限時間は三〇分と指定しています。制限時間を過ぎた場合、《絡繰淵盤《からくりえんばん》》上の駒数の多寡にて勝敗を決します』

なるほど。そういう狙いか。

駒数に勝るあちらは、逃げ切れば勝利条件を満たす。必然的にこちらは追わねばならぬ。

「追ってきなさい、アノス・ヴォルディゴード。ですが、東西南北どちらに先へ向かい、あなたがいかに最善手を打ち続けても、残り二一分で倒せるのは最大一四七界分の火露《ほろ》、銀水機兵にして七八体が限界――」

片足をゆるりと上げ、靴裏で火の紋章に軽く触れる。

「あなたの勝率は零です」

四歩目――

「《深撃《ゼルス》》」

そのまま、《深印《ドラム》》を踏み抜き、大地を鳴らす。

「残念ですが、それは悪手でしたね。《深撃《ゼルス》》はすでに深層大魔法、それ以上の深化はできない――」

リアナプリナが唖然《あぜん》としたように言葉を失う。

どこまでも続く《絡繰淵盤《からくりえんばん》》の地平線。その大地のすべてが、俺の足に踏みつけられたことにより、激しく震動を始めた。

「……なぁ……っ……!?」

「なんだ、これは……!?」

銀水機兵たちが魔力を発し、かろうじて体勢を保ちながらも辺りを見回す。

尋常ではないほどの勢いで揺れている大地が、更に動き始めていた。水平だった地平線が斜めに傾き、そして今にも垂直に達しようとしている。

「…………馬鹿な、これは……まさか、まさかっ……!?」

「《絡繰淵盤《からくりえんばん》》を……ひっくり返したじゃとぉっ……!?」

震動は更に激しさを増していき、とうとう天地がひっくり返る。だが、それだけでは収まらず、今度はそのままぐるりと一回転した。

「がっ……ぐぅぅっ……!!」

「なっ、ぐあぁぁぁっ……!!」

ぐるぐると回り続ける大地から投げ出され、銀水機兵はどうにか宙に留まる。だが《絡繰淵盤《からくりえんばん》》が割れ、その無数の破片が奴《やつ》らに襲いかかった。

凍らぬ銀水を固めた氷、《涅槃七歩征服《ギリエリアム・ナヴィエム》》の一歩に耐えるほどの頑丈な物体だ。それらが鋭利な刃と化して、銀水機兵に襲いかかった。

「あ、集まれっ……！　バラバラのままではっ……！」

「だめだ、飛べぬ……こ、このままでは……！」

「馬鹿な、いかんっ……これ以上の被弾は、装甲が……!?」

「リアナプリナ殿っ、どうすればっ……!?」

「リアナプリナ殿、指示をっ……!!」

「もう火露《ほろ》が尽きるっ!!　くそぉぉぉぉぉぉぉぉぉ、銀水機兵の損傷がっ……!!　これ以上はっ……！」

「まだだっ！　まだ終わるものかぁぁぁっ!!　我らが世界の威信にかけてぇぇっ！」

「うご、けぇぇぇぇぇぇぇぇぇぇっっ！！！」

「「「う、あ・ああ・あ・あ・あ・ああああああああああああああああああああああああああぁぁぁぁぁぁぁぁぁぁあっっっ！！！」」」

阿鼻叫喚《あびきょうかん》を響かせながら、銀水機兵が次々と銀水の氷に貫かれ、その身をズタズタにされていく。

誰も彼もが抵抗できず、僅か一体すら残らずに、駒という駒が砕け散った。

しかし――

なおも高速で回転し続ける盤上の中、俺の視界に蒼《あお》い水が映った。

流玉の算盤《そろばん》だ。それを弾《はじ》きながら、リアナプリナが迫ってくる。

「計算通りですよ、アノス・ヴォルディゴード。《深撃《ゼルス》》と《深印《ドラム》》を使えば、わたくしたちが全滅する確率は一〇割――」

直撃した銀水の氷はゆうに百を超えたが、彼女には傷一つつけることができぬ。

水算世界サイライナの火露《ほろ》を結集した銀水機兵よりも、今のリアナプリナは遥《はる》かに頑丈だ。

そのカラクリは――？

「ですが――」

「面白い」

突っ込んできたリアナプリナの土手っ腹めがけ、俺は五指を突き出す。

同時に五歩目を刻んだ。

ヌルリ、と水の感触が右手を覆う。リアナプリナの体は液体化し、五歩目の攻撃を完全に吸収するとともに、俺の手をきつく縛りつけていた。

「流玉の算盤《そろばん》は、自ら弾《はじ》き出《だ》した計算結果をほんの僅かに超える力を与えるのです。それには予測を一〇割に収束させる必要がありました」

そう口にした頃、すでにリアナプリナは、俺の胸につけられた校章をつかんでいた。

それを引きちぎって奪えば、彼女の勝ちだ。

「なるほど。勝てぬとわかってからが、本領だったというわけだ」

「ええ。わたくしがあなたの力を知らなかったように、あなたもまたわたくしの力を知らなかったのです」

俺の体を水流で拘束し、リアナプリナが校章を引きちぎろうと力を込めた。

「だが、惜しかったな」

ガラスの破片が目の前に飛び散った。

否、それはガラスではなく、《絡繰淵盤《からくりえんばん》》だ。

リアナプリナが信じられないといった顔でそれを見た。

引き裂かれていた。

青い空が、まるで両手で引きちぎられるかのように裂け、真っ黒な亀裂が広がっていく。

「あっ…………」

リアナプリナは吐血する。

次の瞬間、《絡繰淵盤《からくりえんばん》》が跡形もなく砕け散った。

四歩目で最早《もはや》崩壊寸前だったが、五歩目がとどめとなったのだ。後に残ったのは、ふわふわと漂う火露《ほろ》と、ぐったりとしながら中空を漂う元首たちの無残な姿だ。

空も大地も完全に崩壊し、数秒後、俺たちはパブロヘタラ宮殿の最深部——氷の床の上に戻ってきた。

目の前では、腹を貫かれたリアナプリナが俺の腕にぐったりともたれかかっている。

俺がもたらした結果が予測の範囲を超えたため、流玉の算盤《そろばん》の加護が失われ、彼女本来の力に戻ったのだ。

「……こんな……ことが……………」

「よい魔法だが、まだまだ視野が狭い」

腕を抜き、彼女の制服から、その校章を奪い取った。

「盤上遊戯をするならば、盤が壊れることも計算に入れておくべきだったな」

§8.【銀水世界】

上空から二匹の銀海クジラとオットルルーが下降してくる。

『元首リアナプリナの校章が奪取されました。ミリティア世界、元首アノスの勝利です』

《思念通信《リークス》》にて、オットルルーの声が響き渡った。

俺がゆるりと宙に浮かび上がれば、氷の床に這《は》いつくばる元首たちの姿が目に映る。奴《やつ》らは半ば呆然《ぼうぜん》といった表情でこっちに視線を向けている。

「文句はあるまい――とは言わぬ」

地に伏す彼らに、俺は告げる。

「だが、お前たちの内誰一人とて、《絡繰淵盤《からくりえんばん》》が破壊されると思わなかったのは事実だ」

口惜《くちお》しそうな顔で、ガオウが俺を睨《にら》む。

他の元首たちも、拳を握り、あるいは歯を食いしばる。

恥じ入るように顔を背ける者もいた。

「……悔しいですが、あなたの言う通りです……」

未《いま》だ立つ力の戻らぬリアナプリナが、ぼそっと呟《つぶや》く。

「泡沫《ほうまつ》世界の件も同じことだ。主神がいなくとも世界は回る」

否――

回らずとも、回してみせよう。

「俺を否定したくば、何度でも挑むがよい。いつ何時でも、我が魔王学院は挑戦を受けよう」

反論の言葉はない。

力で屈服させ、これで素直に納得とはいかぬだろうが、少なくとも奴《やつ》らが予想できぬことがこの世にはあるのだと証明できた。

ひとまずは、こんなところだろう。

俺はそのまま飛び上がり、空を泳いでいる二匹の銀海クジラに近づいていく。

魔王学院の生徒たち何人かがこちらに手を振っている。

「ふむ。難なく凌《しの》いだようだな」

「難なくじゃないわっ！　あんな広範囲の魔法使うんだったら予《あらかじ》め言いなさいよっ。危うく串刺しになるところだったわ」

サーシャが待ってましたとばかりに、口火を切った。

「くはは。その前にミーシャが気づいただろうに」

こくこくと姉の隣でミーシャがうなずいている。むー、と不服そうにサーシャは唇を尖《とが》らせたが、それ以上は追及してこない。

「しかしまあ、《絡繰淵盤《からくりえんばん》》をぶっ壊すとはたまげたもんだねぇ」

もう一匹の銀海クジラから声がこぼれた。

鍛冶世界の元首ベラミーのものだ。

「パリントンが敵《かな》わないわけでしょ」

そうナーガが微笑する。

「なんであんたが自慢げなんだい？」

「ふふっ、なんでかしらね」

「しかし、あの歩く魔法はなんだい？　まさか浅層魔法じゃあるまいし。なにか知ってるかい？」

ベラミーがギーに尋ねる。

「は。情報はありません」

レブラハルドら聖上六学院の元首たちも無傷で立っている。《深印《ドラム》》と《深撃《ゼルス》》の余波は、問題なく防いだようだ。

「進めてくれ」

「承知しました。それでは、深層講堂に戻ります」

オットルルーが言い、転移の固定魔法陣を起動する。

目の前が真っ白に染まり、次の瞬間、俺たちは深層講堂に戻ってきた。

全員、転移前の席におり、静かに着席していく。

「銀水将棋の決着がついたため、中断していた法廷会議を再開します。序列七位以下の学院にて再採決を行いますか？」

「必要あるまい。賛成でも反対でも肩身が狭かろう」

魔王学院の昇格に賛成すれば、魔弾世界に目をつけられる。

かといって、銀水将棋で完膚なきまでやられた今、反対するのも誇りに傷がつこう。

「私もそれがよいと思うね」

レブラハルドが俺に賛成する。

特に異論を挟む声は上がらなかった。

「承知しました」

オットルルーが、聖上六学院の五名へ言う。

「裁定神オットルルーの名のもとに、パブロヘタラは序列一八位、ミリティア世界、魔王学院をその功績により序列六位に昇格させます。賛成の者は挙手を」

真っ先に手を挙げたのは、魔弾世界のギーである。

「おやまあ、どういう風の吹き回しだい？」

ベラミーは言いながら、挙手をする。

ナーガ、レブラハルド、レコルも手を挙げた。

「賛成五、反対〇。全会一致により、昇格を決定します。また魔王学院は、聖上六学院となり、法廷会議での発言権を有します。それに伴い、世界に冠する字《あざな》を決める必要があります」

ハイフォリアなら聖剣世界、エレネシアなら魔弾世界が字だ。

ミリティアは学院同盟に入ったばかりなので、まだ決めてはいなかった。

「では転生世界としよう」

一瞬、講堂の元首たちがざわつきを見せる。

だが、先の銀水将棋が尾を引いているのか、表だって主張する者はいなかった。

レブラハルドが、こちらへ視線を向ける。

「本当にそれでいいのかな？」

「なにか不都合でもあったか？」

「訊《き》いただけだよ。気を悪くしたらすまないね」

この銀水聖海では、転生の概念がミリティア世界とは大きく異なる。生まれ変わりとは、まったく別の人物になることを表すのだ。

我がミリティアが示す転生のように、誰しも根源が有する想《おも》いを次へと繋《つな》げていくと考えたなら、泡沫《ほうまつ》世界からこぼれる火露《ほろ》を回収する大義はなくなるだろう。

パブロヘタラにとって、あまり都合の良《よ》いことではないだろうな。

「元首アノス、こちらへ」

俺は歩を進め、オットルルーの前に立つ。

彼女が魔力を発すれば、教壇の一席に魔王学院の校章が浮かぶ。

俺の姿が、球形黒板に映し出された。

「本日、ここに新たな聖上六学院、転生世界ミリティアが誕生しました。銀水聖海の凪《なぎ》のため、学院同盟一同、ともに力を合わせましょう」

そうオットルルーが事務的に述べる。

静寂の中、拍手の音が聞こえた。

レブラハルドだ。

次いでギー、ベラミー、レコル、ナーガが拍手をする。次第にそれは講堂にいた元首たちにも波及し、講堂は大きな拍手に包まれた。

「それでは閉廷します」

それを合図に、元首たちがまばらに立ち上がった。

ギーとナーガが出ていき、レブラハルドとベラミーもこの場から立ち去っていく。

俺に近づいてきたのは、傀儡《かいらい》世界のレコルである。

「卿《けい》の世界を歓迎しよう。暴虐の魔王アノス」

「話のわかる奴《やつ》がいてなによりだ」

初対面を演じるように、レコルが手を差し出す。

俺は握手に応じた。

『日暮れ頃、第七エレネシアの周辺海域で待つ』

傍受されぬように、直接接触の《思念通信《リークス》》にてレコルの声が耳に響いた。時と場所は《赤糸の偶人》と樹海船アイオネイリアを交換するためのものだ。

「パリントンがいなくなり、ルツェンドフォルトの様子はどうだ？」

「平常通りとはいかない」

「それはすまぬな。猶予をやればよかったが」

「卿の責ではない。じきに元首も決まる」

レコルはそっと手を離す。

「では」

そのまま彼は立ち去っていった。

「元首アノス」

オットルルーが呼ぶ。

振り向けば、彼女は手に赤いわら人形を載せていた。

「パリントンの身柄をお返しします」

「そちらでは裁かぬのか？」

「軍師レコルの話では、パリントンはすでにルツェンドフォルトの元首ではなく、人型学会からも正式に除名されました。彼の火露《ほろ》はイーヴェゼイノに戻らず、宙に浮いています。パブロヘタラはこれ以上の関与は行いません」

力と権力をなくし、学院同盟からも外れたとなれば、裁く理由も庇《かば》う理由もないというわけか。

「では、好きにさせてもらおう」

オットルルーから赤いわら人形を受け取り、魔王学院の席へ放り投げた。ぴょんっと飛び上がり、ゼシアがそれを両手で捕まえる。

「……捕まえ……ました……！」

「なくすな」

「……お任せ……です……」

彼女は得意げに胸を張った。

「オットルルー。訊《き》きたいことがある」

「なんでしょうか？」

「パブロヘタラの成り立ちだ。この学院同盟にはわからぬことが多い。そもそも、誰がこの組織を作ったのだ？」

「今この場で簡単にお伝えすることはできます。それとも、詳しくお知りになりたいですか？」

「できるだけな」

「承知しました。転生世界ミリティアは聖上六学院となったため、詳細をお話しすることができます。場所を変えてもよろしいですか？」

他の元首に聞かれぬためだろう。

聖上六学院に入った意味はあったようだ。

「構わぬ」

「では魔王学院の方々も、魔法陣へ。転移を行います」

オットルルーが魔力を込めれば、転移の固定魔法陣が起動し、視界が真っ白に染まった。

やってきたのは、先程と同じくパブロヘタラ宮殿の最深部――黒い空間に氷の床が延々と広がる《絡繰淵盤《からくりえんばん》》の上だ。

「《絡繰淵盤銀水将棋《ラジナ・ネド・エスラ》》」

オットルルーが魔法を使えば、《絡繰淵盤《からくりえんばん》》が目映《まばゆ》く輝き、暗闇に大空が描き出された。

森と草原と、果てしなく続く廃墟《はいきょ》が現れる。

先程踏み潰したにもかかわらず、こうも容易《たやす》く復元するとは、まだまだ余力が残っている証拠だろう。

あくまで学院同盟内での模擬戦ゆえ、《絡繰淵盤《からくりえんばん》》の真価は発揮していなかったということか。

「イーヴェゼイノで、《渇望の災淵《かつぼうのさいえん》》をご覧になりましたね？」

「ああ」

「《絡繰淵盤《からくりえんばん》》はそれと同じく《淵《ふち》》の一つ。《淵《ふち》》とは、想《おも》いの溜《た》まり場《ば》のこと。数多《あまた》の小世界から溢《あふ》れ出《だ》す想《おも》いが溜《た》まる場所なのです。《渇望の災淵《かつぼうのさいえん》》には渇望《かつぼう》が溜《た》まり、この《絡繰淵《からくりえん》盤《ばん》》には滅びた世界への追憶が溜《た》まります」

オットルルーが魔法陣を描き、大きなねじ巻きを入れて回す。

ぎぃ、ぎぃ、ぎぃ……と三度回転すれば、遠くに見えていたボロボロの宮殿が僅かに光を漏らす。

妙に見覚えがある建物だ。

「――パブロヘタラ」

ミーシャが呟《つぶや》く。

「あー、そういえば、似てるぞ。すっごくボロボロだけど」

エレオノールが言ったその瞬間、地鳴りとともに、大地が激しく震動する。

「わおっ、なんだ？　地震だぞっ」

「……ゼシアは……揺れません……」

一瞬で地面に長い亀裂が走ったかと思えば、丸く切り抜かれたその大地が宮殿ごと浮上を始めた。

それを裁定神は見上げている。

「あれがオットルルーの世界の追憶」

いつもの事務的な口調とは違い、ほんの少し悲しげに彼女は言った。

「あの小世界は、かつて栄華を極め、遙《はる》か深く、九九層に到達しました。最も深淵《しんえん》に近づき、そして飲まれた。パブロヘタラは滅び去った銀水世界が唯一残した学院です」

§9.【パブロヘタラの成り立ち】

浮遊する大陸を見上げながら、エレオノールが首をひねった。

「んー？　あっちは《絡繰淵盤《からくりえんばん》》が引き寄せた思い出のパブロヘタラで、でも今ボクたちがいる場所もパブロヘタラだよね？　どういうことなんだ？」

すると、熾死王が浮遊大陸へ向かってふわりと飛び上がった。

「行ってみれば早いではないか。面白そうだ」

「一理ある」

俺も《飛行《フレス》》を使い、空を飛んでいく。

「一理あるって言うけど、わざわざ行かなくてもオットルルーに訊《き》けば早いんじゃない？」

「行った方が面白い」

「そっちっ？」

俺の後に続き、サーシャたち魔王学院の生徒も飛んでくる。

熾死王と俺が浮遊大陸に足をついた。そこにあるのは、廃墟《はいきょ》と成り果てたパブロヘタラ宮殿だ。年月を経ただけではない。宮殿の至る所が、ボロボロに崩れていた。

「ふむ。追憶とのことだが、いつのものだ？」

「オットルルーたちの最後の思い出です」

追いついてきたオットルルーが、浮遊大陸に着地する。

「誰にやられた？」

宮殿につけられた破壊の跡へ視線をやりながら、俺は言う。

「世界が深淵《しんえん》に近づき、飲まれたと言ったが、こいつは戦《いくさ》の跡だろう」

オットルルーは歩き出し、古びた宮殿に近づいていく。

「銀水世界リステリアが元首、隠者《いんじゃ》エルミデが乱心し、自らの主神を滅ぼしました」

「なぜだ？」

「世界が深く、深淵《しんえん》に近づくほどに、多くの小世界から魔力や秩序が集まってきます。主神はより力を増し、元首もその恩恵を受けることになります」

　魔力は浅きから深きへ流れゆく。

　火露《ほろ》や秩序も同様だ。

「それで狂ったと？」

「隠者エルミデは、その力を背負い切れなかったのかもしれません」

「真実は今はもうわかりません。オットルルーたちの銀水世界リステリアが、まもなく深淵《しんえん》に至ろうとしていたときのことです。突然、隠者エルミデは乱心したのです。説得を試みましたがかなわず、戦い、敗れ、そしてパブロヘタラは滅亡しました」

　正気ならば、確かに自らの世界を滅ぼす理由などない。

　しかし、狂った理由がわからぬ。

　深淵《しんえん》に近い世界の元首ならば、相当な実力者だったろうに。それだけの猛者《もさ》が背負い切れぬほどの力が、突如一気に集まったというのか？

「その後、隠者エルミデはどうした？」

「自害されました。栄華を極めたリステリアは、主神と元首を同時に失い、一夜にしてすべてを失ったのです」

　宮殿の外壁を見回しながら、俺たちは歩いていく。

　多くの水路が設けられ、宮殿内部へと続いているが、水は涸《か》れていた。

「えーと、じゃ、オットルルーちゃんはその生き残りなんだ？」

「いいえ。オットルルーも滅びました。リステリアの生き残りは、オットルルーが知る限り存在しません」

オットルルーの答えに、エレオノールがますます首を捻《ひね》った。

「銀水世界リステリアには《淵《ふち》》がありました。《追憶の廃淵《ついおくはいえん》》。滅びた世界の追憶を溜《た》め、具象化するこの《淵《ふち》》は、リステリアが滅び去るとき、その住人たちの追憶を多く溜《た》め込《こ》んだのです」

事務的な声が廃墟《はいきょ》に木霊《こだま》する。

オットルルーの表情に憂いや悲しみは浮かんでいない。

「彼らの追憶の欠片《かけら》が、オットルルーの体を作っていきました。誰もが最後に追憶したのが、銀水学院パブロヘタラ。銀水聖海の凪《なぎ》を願ったこの学院同盟だけは残そうと、その法を司《つかさど》る裁定神を復活させようとしたのです」

リステリアにて、銀水学院パブロヘタラの法を司《つかさど》る神族が、オットルルーというわけか。

さすがに主神を蘇《よみがえ》らせるほどの力は、《追憶の廃淵《ついおくはいえん》》といえどもなかったのだろうな。

「人々の追憶により、オットルルーは以前とは少し違う体で蘇《よみがえ》りました。パブロヘタラを救うための力が備わっていたのです」

オットルルーはじっと俺を見つめている。

瞳の奥の歯車が、カタカタと回転していた。

「《追憶の廃淵《ついおくはいえん》》とつながったオットルルーは、それを《絡繰淵盤《からくりえんばん》》という権能に変化させることができました。《絡繰淵盤《からくりえんばん》》と集めた火露《ほろ》、銀水を用いて、具象化しているのが、これまであなたたちと学びを共にしたパブロヘタラ宮殿です」

滅びた世界の追憶が溜《た》まる。銀水将棋でも見た通り、《絡繰淵盤《からくりえんばん》》が具象化するのは通常は廃墟《はいきょ》なのだろう。

それを火露《ほろ》の力を使って修繕しているといったところか。要するに、今のパブロヘタラ宮殿とオットルルーは、《絡繰淵盤《からくりえんばん》》が引き寄せた住人たちの思い出にすぎぬわけだ。

「カカカ、興味深いではないかっ！　裁定神、オマエのその体は、リステリアの数多《あまた》の民が追憶したツギハギだ。隠者エルミデが狂った理由がわからぬのは、そのせいではないのか？」

問いかけながらも、エールドメードは壊れた正門を開き、中へ入っていく。

「勝手に入ってはいけないだろう」

アルカナが言う。

「問題ありません」

そう口にして、オットルルーも正門をくぐった。

熾死王は好き勝手に先へ進む。

「熾死王エールドメードが口にした通り、オットルルーのすべては完全ではありません。生前のオットルルーは、隠者エルミデが狂った理由を知っていたのかもしれません」

「思い出したいか？」

そう問えば、オットルルーは一瞬こちらを向いた。

しかし、なにも言わず、彼女はまっすぐ歩いていく。

「オットルルーに心はありません。ないものを求めることも」

「お前が追憶の欠片《かけら》を集めた存在なら、感情が宿っていても不思議はあるまい」

彼女は無言で数歩進んだ。

そうして歩みを止めず、事務的に述べた。

「……自覚はありません……」

「では、お前の目的はなんだ？」

「パブロヘタラの永続を」

今度は即答だった。

「裁定神オットルルーは、この学院同盟を裁定し続けます。今は亡《な》き銀水世界の主神と、そして数多《あまた》の住人たちは、そのためにオットルルーを追憶したのでしょう。狂ってしまう以前の元首が夢見た、銀海の凪《なぎ》を願い――」

銀水学院パブロヘタラは悪しき階級制度の象徴とロンクルスは言《い》った。泡沫《ほうまつ》世界から火露《ほろ》を奪っているのも間違いはない。

彼が嘘《うそ》をついていたとは思えぬ。

だが、物事というのは往々にして多面的だ。あるいはそれも一つの側面にすぎないのやもしれぬな。

「銀水世界が滅びたのはいつだ？」

「一万四千年ほど前です」

聖剣世界ハイフォリアの前聖王オルドフが、パブロヘタラを警戒していたのは一万六千年前だ。

だとすれば、そのときから、隠者エルミデは狂う兆候があったのか？

「パブロヘタラの学院同盟はかつて浅層世界が中心だったと聞いたが？」

「銀水世界リステリアはパブロヘタラとその理念のみを提供し、自らは決して表に出ようとはしませんでした。元首エルミデの理想は、皆で話し合い、皆で決定する同盟です。深層世界の存在が明らかになっては、上手《うま》くいかないと考えました」

否《いや》が応《おう》でも、銀水世界におもねる者は出てくるだろうからな。

「それで隠者か？」

「はい」

「エルミデの変調に気がついたのはいつだ？」

「リステリアが滅びる直前です」

以前から隠者エルミデがよからぬことを企《たくら》んでいたといった様子はない、か。

単純に知らぬだけやもしれぬな。

少なくとも、前聖王オルドフはなにかに気がついていた。

「カカカ、カカカカッ、カーッカカッカカッ！！！」

面白いものでも見つけたか、遠くから熾死王の笑い声が聞こえてきた。

その方向へ、俺たちは歩を進ませる。

やってきたのは天井が高く、広大な一室だ。

折れた剣、壊れた大砲、砕けた盾、破れた書物、欠けた羽根車、古い絵の具、割れた硝子《ガラス》、千切れた帆、傷ついた人形が、雑多に放置されている。

またボロボロの銀水機兵が、ずらりと並べられていた。部屋の奥にエールドメードが立っている。

彼の視線の先にあったのは、一体の神である。固形化した水銀の体を持っており、ところどころが破損している。

「ふむ。神族のようだが、生きてはいまい」

微《かす》かに魔力は感じられるが、根源がない。これも《絡繰淵盤《からくりえんばん》》が具象化した追憶か。

「カカカカ、臭う、臭うぞ。危険な臭いがプンプンするぞっ！」

水銀の体を持つ神を、ねっとりと舐《な》めまわすようにエールドメードが見る。

「見たまえ。ここに、この神のことが書いてある。いったい、なんだと思う？」

神の隣にあった石板を、エールドメードが杖《つえ》で指し示す。

「全然読めないけど、なんて書いてあるの？」

サーシャが石板に目を向ける。

ニヤリと燼死王が笑った。

「さっぱり読めないいっ！　カーカッカッカッ！」

「あのね……」

恐らくは銀水世界リステリアの魔法文字なのだろう。

俺はオットルルーを振り向く。

すると、彼女はその石板を読み上げた。

「──其《そ》は、人が創り出した絡繰《からくり》。其《そ》は、進軍する強き兵。其《そ》は、深淵《しんえん》へ至る帆船。名を、絶《ぜっ》渦《か》の絡繰神《からくりがみ》という──」

§10.【隠れ潜む者】

石板に書かれた内容から察するに、普通の神族とは違うようだな。

だが、これだけではよくわからぬ。

「こいつはなんだ？」

オットルルーに俺は問う。

「隠者エルミデが研究し、創っていたものです。秩序ではなく、魔法より生まれた人工の神族――絡繰神《からくりがみ》と呼ばれるものです。恐らく、リステリアを深淵《しんえん》世界に至らしめるために必要だったのでしょう」

リステリアの元首、隠者エルミデが創り出した神、か。

「世界の深さは火露《ほろ》の量で決まるのだったな」

「そうです」

「では、この絶渦《ぜつか》の絡繰神《からくりがみ》は、リステリアが深淵《しんえん》世界を攻撃するためのものか？」

一瞬戸惑った後に、オットルルーは答えた。

「……隠者エルミデが、これを創り始めたときから狂っていたのなら、考えられることだと判断します……」

「んー？　どうして攻撃するっていう話になるんだ？」

不思議そうにエレオノールが首を捻《ひね》る。

「火露《ほろ》は浅きから深きへ流れていく。最も深き世界、つまり深淵《しんえん》に位置する深淵《しんえん》世界は、どの小世界よりも火露《ほろ》を引き寄せる力が強い。九九層世界であるリステリアが深淵《しんえん》に至るためには、この深淵《しんえん》世界より深く潜らねばならぬ」

うんうん、とエレオノールが相づちを打つ。

隣でゼシアとエンネスオーネがうんうんと真似《まね》していた。

「つまり、火露《ほろ》をより多く集めることが条件になるが、まともにやっては差が開く一方だろう」

「はい。銀海の秩序により、深き世界は浅き世界よりも有利となります。深淵《しんえん》に近づくほどそれは顕著となり、深淵《しんえん》世界の座はこの海の誕生時より変わっていないと予想されています」

「予想というのは？」

「パブロヘタラの知る限り、深淵《しんえん》世界へ赴き、生きて帰った者は魔王だけです。彼らが沈黙を続けている以上、今は詳しく知る術がありません」

第一魔王、壊滅の暴君アムルは行ったことがある、か。

ロンクルスの記憶で奴《やつ》が口にしていた言葉が、この絡繰神《からくりがみ》とやらにも使われている。

「絶渦とはなんだ？」

「万物を飲み込む渦、小世界すら飲み込む、銀水聖海の大災厄です。悪意の大渦とも呼ばれ、深淵《しんえん》世界に存在すると言われています」

「ふむ。実際に見たことはないということか」

「はい。《絡繰淵盤《からくりえんばん》》には、滅びた世界の追憶が流れ着きます。言葉の追憶は伝承となり、こうして石板として具象化します。かつて、絶渦に遮られて滅びた世界が存在するのでしょう」

「じゃ、その絶渦を突破するから、絶渦の絡繰神《からくりがみ》って言うの？」

サーシャが問う。

「オットルーにはわかりませんが、その可能性は高いと判断します」

「深淵《しんえん》へ至る帆船で、進軍する強き兵だものね」

するとエールドメードがカカカッと笑った。

「いやいや、面白くなってきたではないか！　隠者エルミデはこの絡繰神《からくりがみ》の力を使い、絶渦を突破し、深淵《しんえん》世界から火露《ほろ》を奪おうとした。直接奪えば、九九層世界と深淵《しんえん》世界の差は一気に縮まり、逆転する！」

魔眼《めめ》を爛々《らんらん》と輝かせながら、エールドメードが饒舌《じょうぜつ》に語る。

「それで？　肝心の深淵《しんえん》世界はどこにあるのかねっ？」

興味津々《きょうみしんしん》といった風に、熾死王が問うた。

「深淵《しんえん》世界はこの海に深く沈みすぎたため、普段はその存在さえも知覚することができません。九九層世界に至れば、そこからはかろうじて見えるとも言われています。それ以外の方法は、パブロヘタラには情報がありません」

「な・る・ほ・どぉ！」

大魔王ジニア・シーヴァヘルドが統《す》べる深層一二界、少なくともその内一つは九九層より深いのやもしれぬな。

だが、それよりも気になるのは――

「妙な話ですね」

シンが言う。

「深淵《しんえん》世界に乗り込める九九層に達し、侵略兵器として絡繰神《からくりがみ》を創ったのでしたら、なぜ隠者エルミデは自らの世界を滅ぼしたのでしょうか？」

オットルルーは一瞬返答に詰まった。

「……わかりません……」

「隠者の子は、狂っていたのではなかっただろうか」

アルカナが言い、サーシャがうなずく。

「理由を考えたって仕方ない気がするわ」

「本当に狂っていたのならな」

俺がそう言うと、オットルルーがこちらに視線を向けた。

「じゃ、どういうことかしら？」

「さてな。憶測で考えればきりがない」

とうの昔に、滅びてしまった世界の話だからな。

オットルルーが真相を知らぬ以上は、調べようもないかもしれぬが、せっかく来たことだ。もう少々探っておくか。

ロンクルスとの約束もある。パブロヘタラのことを知っておくに越したことはあるまい。

「他も見せてもらって構わぬか？」

「聖上六学院の方々は、こちらを自由に行き来して構いません」

「カカカカ、ではオレはコイツの創り方でも探そうではないか」

エールドメードが、絶渦の絡繰神《からくりがみ》を杖《つえ》で指す。

「パブロヘタラに絶渦の絡繰神《からくりがみ》を創る方法は残っておりません」

「《絡繰淵盤《からくりえんばん》》には追憶が集まるのではなかったか？　ならば、ヒントぐらいはどこかにあるかもしれない」

そう言いながら、熾死王は部屋の中を探り始めた。

「何人か、熾死王を手伝ってやれ」

ナーヤを始め、魔王学院の生徒たちが熾死王のもとへ移動する。

「手分けして、かつてのパブロヘタラか、隠者エルミデの痕跡を探せ。なんでもよい。オットルルーが気づかぬ盲点があるやもしれぬ」

「御意」

シン、ファリスが生徒たちを連れて、別室へと向かう。

レイやミサ、アルカナらも引き返し、それぞれ別々の通路へと向かった。

俺とミーシャ、サーシャは絡繰神《からくりがみ》の部屋を抜けて、その奥へと進む。途中からは水路がなくなり、通路の両脇に柱時計が立ち並ぶ。どれも古く、所々が破損し、針は一つも動いていない。

「あっちとこっちで全然雰囲気違うわね」

サーシャが言う。

その隣でミーシャがぱちぱちと瞬《まばた》きをした。

「絡繰《からく》り時計？」

「そのようだ」

柱時計にはねじ巻きがついている。なにかしらの仕掛けがあるのだろう。

今は動かぬだろうがな。

更に進めば、崩れた壁の中にバネやゼンマイ、歯車や糸が所狭しと埋め込まれていた。

本来は通路や部屋に何らかの仕掛けがあったのだろうが、時計と同じく今はもうその機能を失っている。

その先に、絡繰《からくり》工房があった。

「ここでさっきの時計とかを作ってたのかしら?」

サーシャがそう口にすると、ミーシャがすっと工房の机に移動した。

ゼンマイ仕掛《じか》けの人形が置いてある。

「壊れてない」

そう口にして、彼女はゼンマイを巻く。

サーシャが顔を近づけ、じーっと人形を見つめた。

『……正帝《せいてい》……ガンバレ……!』

「きゃあっ!」

僅かにその人形から魔力が発せられ、カタカタと口が動いた。

『正帝ガンバレ……! 正帝ガンバレ……!』

「び、びっくりしたわ」

『……完全……ナル……正義ヲ……実行セヨ……我々ハ……常ニ正シキ道ヲ歩ム……正義ノ絡《から》

繰《くり》ハ、彼ノ手ニ……正帝ガンバ――！』

そこでゼンマイが切れたか、人形が止まった。

「正帝？」

ミーシャが首を捻《ひね》る。

「銀水世界の王かしら？」

サーシャが人形を見つめながら言う。

元首は隠者エルミデだが、他に各国を治める王がいたとしても不思議はない。

「正帝は銀水世界リステリアに伝わるお伽噺《とぎばなし》の英雄です」

後からやってきたオットルルーがそう言った。

「正帝の絡繰神《からくりがみ》は強きを挫《くじ》き、弱きを救う正義の味方です。リステリアでは誰もが子供の頃に読み聞かされました。そのため、世界が滅びる寸前に追憶した住人は多かったのです」

最後の瞬間、リステリアの住人たちは、正義の味方を希《こいねが》った。

だが、お伽噺《とぎばなし》の英雄は現実に現れることなく、世界は滅んでしまった。

遺《のこ》されたのが、このおもちゃの絡繰《からくり》か。

「銀水世界というわりに、絡繰仕掛《からくりじか》けの物が多いようだが？」

「これらは銀水を魔力に変えて動く魔法具です」

オットルルーが、ゼンマイ人形に魔法陣を描く。

中が透けて見えたが、血管のように張り巡らされた管には、確かに銀水が入っていた。

二律僭主《にりっせんしゅ》の樹海船アイオネイリアも銀水を利用する。

彼の世界は滅びたと噂《うわさ》されているらしいが、銀水世界の可能性もありそうだな。

「――元首アノス」

オットルルーがなにかに耳を傾けるような仕草をしながら、俺を呼ぶ。

「只今《ただいま》、元首レブラハルドより《思念通信《リークス》》がありました。六学院法廷会議を行いますので、夕刻六時に聖上大法廷へいらしてください」

レブラハルドからということは、

「災人イザークについてか？」

「そうです。それから、こちらをお渡ししておきます」

オットルルーが魔法陣を描くと、パブロヘタラの校章がいくつも現れ、宙に浮いた。

その内の二つを手にし、彼女は俺に差し出す。

見た目はこれまでのものと変わりない。

「聖上六学院の元首と主神用の校章です。界間通信が可能な魔法具となっておりますが、距離や魔力環境に応じて通信時間、通信回数に制限があります。緊急時以外の使用は控えてください。また同じ魔法具を持った相手としか通信できません」

俺は二つの校章を受け取り、一つを自らの制服に付け替えた。

「残りの校章は、要人用のものとなります」

ドミニクについていたあれか。

要人が滅びた際に、周囲にある魔力を記録し、パブロヘタラに送信する。

父さんや母さんに渡しておけば、それなりの抑止力にはなるだろう。

「もらっておこう」

魔法陣を描き、残りの校章をその中へ収納する。

そうして、踵《きびす》を返《かえ》し、その他の部屋も見て回った。

だが、それ以降は特にこれといったものは見つからず、日が暮れる頃となった。

一度宿舎に戻った後、アヴォスの仮面を被《かぶ》り、外套《がいとう》を纏《まと》って、俺は一人、第七エレネシアの外へ出た。

周辺海域を遊泳していけば、遠くに小さな影が見える。

樹海船アイオネイリアだ。近づいてきている。

樹海の大地に視線を向ければ、闇を纏《まと》った全身鎧《よろい》、暗殺偶人を纏《まと》ったレコルがいた。

ゆっくりと高度を下げ、俺は樹海船に着地する。

「約束のものだ」

手にした《赤糸の偶人》を、放り投げる。レコルはそれを片手で受け取った。

「確かに」

「一つ訊《き》くが」

俺の言葉に、奴《やつ》は無言で応じた。

「パブロヘタラをどう思う？」

「隠者エルミデは生きている」

さらりとレコルは言った。

「彼はパブロヘタラに今も隠れ潜んでいると見ている」

「面白そうな話だ。できれば、詳しく聞きたいものだが？」

するると、レコルはゆるりと背を向けた。

「卿《けい》に来客だ」

暗殺偶人の闇が広がり、レコルの姿が消える。

次の瞬間、ドゴォォォォッとけたたましい音が響き、樹海船が大きく揺れた。

『開けて』

声とともに、再び船が振動する。

アイオネイリアの周囲に張り巡らされた魔法障壁を破ろうとしている者がいるのだ。

『ねえ、開けてよ。聞こえてるんでしょ？　開けてくれないなら、壊すから』

船の外、日傘に魔力を集中させているコーストリアの姿があった。

『もういい』

俺が答えるより先に、彼女は思いきり日傘を振りかぶり、己の体もろともアイオネイリアの魔法障壁に突撃した。

『壊れちゃえ』

二律剣を大地に刺し、アイオネイリアの魔法障壁を部分的に解除する。

矢のように飛んできたコーストリアは、想定していた抵抗がなくなったからか、ますます速度を増し――そのまま大地に突っ込んだ。

土砂が弾《はじ》け飛び、樹海船にどでかい穴が空く。

「ふむ」

ゆるりと歩を進め、穴の中を覗《のぞ》いてみれば、その中で彼女は土埃《つちぼこり》を払っている。

死んじゃえ、と恨みがましく呟《つぶや》く声が聞こえた。

「途中で止まれぬのか、コーツェ」

目をつむったまま、コーストリアはこちらにすまし顔を向けてきた。

「君のせいで埃《ほこり》まみれ。責任とって」

§11. 【コーツェ】

自ら空けたどでかい穴の中で、コーストリアは立ち尽くしている。

すました顔をこちらへ向け、目を閉じているというのに、まるで俺を睨《にら》んでいるかのようだった。

「いつまでそうしているつもりだ？」

「上げてくれないの？」

彼女はそっけなく顔を背ける。

「幼子のようなことを言う」

魔力を送り、《飛行《フレス》》の魔法で浮かせてやろうとしたが、しかし、コーストリアは反魔法でそれを防いだ。

「なにをしている？」

「横着しないで。物みたいに飛ばされるのは嫌」

注文の多いことだ。

俺は《飛行《フレス》》で飛び、ゆっくりと穴の中へと下りていく。そっぽを向いているコーストリアへ手を伸ばす。

彼女が僅かに俺の方を向けば、その頭をむんずとわしづかみにした。

「仕方のない」

「えっ……ちょっと……物扱いしないでっ……！」

俺はそのまま上昇し、穴の外へ出る。

頭をつかまれ、宙吊《ちゅうづ》りにされながら、ジタバタとコーストリアが暴れた。

「死んじゃえっ……！　このっ……放せっ……！」

黒き粒子が彼女の体に集う。

俺の腕めがけ、日傘を突き出そうとした。

「大人しくしていろ」

「きゃっ――」

コーストリアの頭をつかんだまま、肩をぐるぐると回してやる。高速で回転する力に圧倒され、彼女は日傘を突き出すことができない。

いや、最早《もはや》それどころではなかった。

「ちょっと……なにして……!?　やめっ、やめなさいっ……なにしてるのぉっ……!?」

三〇回転ほどした後に、コーストリアを大地に下ろしてやる。

俺が着地すれば、彼女は義眼《め》を開いてキッと睨《にら》んできた。

「ぞんざいに扱わないで。物じゃないっ。あと目が回った！　すごく回った！」

ふっと俺は笑声をこぼす。

「優しくしてほしかったか？」

そう問うてやれば、コーストリアは言葉に詰まったように閉口した。

「……そんなこと、言ってない……」

肩肘を張ったその態度とは裏腹に、声はか細く消えていく。

「では構わぬだろう」

「どこが？　私が滅びの獅子《しし》じゃなかったら首が千切れてた！」

「くはは。そういうことは、千切れてから言え」

「千切れたら言えないし！」

不平を訴えるコーストリアは、段々と興奮度合いを高めていく。

「首が千切れた程度で喋《しゃべ》れぬのか？　可愛《かわい》らしいことだな」

「……化け物扱いしないでっ！」

くつくつと笑う俺の姿を、彼女は不満そうに睨《にら》んでくる。

「それで？　今日は何用だ？」

「それは、こっちの台詞《せりふ》っ。この船でイーヴェゼイノに来たでしょ。なにしに来たの？」

それか。

馬鹿正直に話すわけにはいかぬが、

「見せてやると言っただろう」

するとコーストリアが一瞬固まった。

「退屈は吹き飛んだか？」

「そもそも君が来たときは忙しかったんだけど。大体、追いかけたのに止まらなかった」

「それはそれは、間が悪かったようだな」

不服そうにコーストリアが唇を噛《か》む。

「わざわざ私に船を見せに来たの？」

「所用があってな。そのついでだ」

鋭い視線がこちらに向けられる。

俺の企《たくら》みを推し量ろうとでもするように彼女は訊《き》く。

「所用ってなに？」

「ふむ。そんなに俺のことが知りたいか？」

刹那、きらりと黒き粒子が輝き、投擲《とうてき》された日傘が俺の仮面に迫る。

それを軽く受け止め、傘を開く。

「気が利《き》くな、コーツェ。ちょうど銀灯が眩《まぶ》しかったところだ」

「あげてないっ！　返してっ！」

日傘を取り返そうと、コーストリアがずんずん近づいてきては、手を伸ばす。

ひょいと腕を持ち上げて、それをかわした。

「帰るときに返してやる。凶器を持たせたままではおちおち話もできぬ」

「かすり傷もつかないくせに」

諦めたように彼女はため息をつく。

そうして、こちらを窺《うかが》うようにちらりと見た。

数秒間の静寂がこの場に訪れる。

彼女は言った。

「名前……考えた？」

「ああ」

「そう。一応、聞いてあげるけど、また適当なやつだったら、わかってるわよね？」

本心を隠すようにすました顔で、コーストリアが脅してくるため、軽くうなずいてやった。

「なに？」

「コーツェ」

「変わってない！」

日傘を突き出そうとして、コーストリアは空をつかむ。二度、三度、指先が空を切った後、僅かに彼女は恥じらいを見せる。

あまりの怒りに日傘が手元にないことを忘れていたのだろう。

「改めて考えてはみたが、なかなかどうしてしっくりくる」

「自分勝手」

子供のようにコーストリアは舌を出す。

「コーツェ。よい名とは思わぬか？」

「知らない」

彼女はふて腐れるようにその場に座り、仰向けに寝転んだ。

他人の船に乗っておきながら、自由な女だ。

「……どこか行くの？」

「第七エレネシアに戻るところだ。パブロヘタラを監視せねばならぬ」

「そう」

興味なげに彼女は答える。

当てが外れ、がっかりしているようにも見えた。

「どこか行くならどうした？」

「……なんでもない……」

コーストリアは寝返りを打ち、俺に背を向けた。

「この間の話だが」

「……この間？　覚えてない」

「小世界を滅ぼそうとも、《淵《ふち》》は滅びぬ」

少なくとも、銀水世界リステリアが滅びようとも、《追憶《ついおく》の廃淵《はいえん》》は滅びることはなかった。

「…………そう……」

気のない返事だった。

落胆というよりは、無気力さが見て取れる。

「聖上六学院なら、知っていたはずだ」

「ナーガ姉様の手の届くところにある情報なんて信用できない」

まあ、あの女は真性の嘘《うそ》つきだからな。

コーストリアにイーヴェゼイノを滅ぼさせぬためなら、どんな手段も取るだろう。

それで関わりがなさそうな二律僭主《にりつせんしゅ》に訊《き》きにきたわけか。

「でも、もうどうでもいい。面倒くさい」

そもそも、イーヴェゼイノを滅ぼすこと自体、ナーガやボボンガがいる以上は難しいだろう。幻獣や幻魔族たちも黙ってはいないだろうし、災人が目を覚ますやもしれぬ。

「帰りたい」

「帰ればいいだろうに」

「どこに帰ればいいの？」

わからぬことを言う。

「イーヴェゼイノはどうした？」

「帰りたくない」

「喧嘩《けんか》でもしたか？」

「逆。喧嘩《けんか》しかしてない」

確かに、序列戦の最中ですら言い争っていたな。

「……君は、パブロヘタラを滅ぼしたいんだっけ……？」

ゆっくりとこちらに寝返りを打ち、彼女は義眼《め》を開いた。

「……手伝ってあげようか？　私なら、パブロヘタラ宮殿の中に入れる。調べたいことはなんでも調べられる……」

なにがしたいのかわからなかったが、今は幾分かは予想がつく。

コーストリアには、そもそも大それた目的などないのだ。

刹那的な感情に流されているのみだろう。

「獣の手など借りぬ」

「なにそれっ？」

手をついて、上半身を起こし、コーストリアはムッとしたような表情を浮かべる。

瞬間、樹海船が激しく揺れた。

「……なっ……に……？」

不安定な体勢だったコーストリアは地面に顔を埋める。

樹海船アイオネイリアは第七エレネシアに着陸し、その大地を深く抉《えぐ》っている。かつてと同じく、この地と一体となり、幽玄樹海と化していった。

「降りるんなら先に言って」

「所用がある」

俺が歩き出すと、彼女は不満そうに身を起こそうとする。

「好きに寝ていろ」

日傘を放り投げ、コーストリアに返す。

「…………いいの？　君のテリトリーでしょ？」

「獣が入ろうとものの数ではない」

一瞬、不服そうな表情を浮かべたが、コーストリアは思い直したようにその場にこてんと寝転んだ。

構わず、俺がその場から立ち去ろうとすると――

「イーヴェゼイノの海域は荒れてる」

独り言のように彼女は言う。

「ナーガ姉様の様子がおかしい」

淡々と無気力に、けれども確かに俺に告げた。

「災人はもう目を覚ましてるのかもしれない」

§12．【災人】

パブロヘタラ宮殿。聖上大法廷。

俺が転移してくれれば、すでに聖上六学院の代表者たちが席についていた。

一人足りない。

よろず工房の魔女ベラミーの姿がまだなかった。

「レブラハルド。オルドフは今どこにいる？」

ミリティア世界の席につきながら、俺は軽く訊《き》いた。

「相変わらず魚釣りに出ていてね。どこかの浅層世界だろう」

「連絡はつかぬのか？」

「先王が使っているのは通信手段のない船なものでね」

小世界の外へは、通常の《思念通信《リークス》》は届かぬ。事実なら、居所がわからないのも当然ではあるが。

「先王がなにか？」

「訊《き》きたいことがあってな」

すると、嗄《しわが》れた声が響いた。

「オルドフと直接話をしたいんなら、何千年待つことになるかわからないよ」

転移の固定魔法陣に現れたのは、バンダナを巻き、ゴーグルをつけた老婆――ベラミーである。

彼女はバーディルーアの席につきながら言った。

「旧友のあたしにさえ会いに来ようとしない薄情な男だよ。ま、聖王時代の生真面目さが祟《たた》ったんだろうねぇ。今じゃ羽を伸ばしてばかりさ。だろう？」

苦笑しながら、レブラハルドがうなずく。

「全員揃《そろ》ったね」

その声に、法廷の空気が引き締まる。

制帽の男ギー、暗殺偶人のレコルが、レブラハルドの方へ視線を向けた。

「議題に入ろう。災淵《さいえん》世界イーヴェゼイノの話だ」

「聖王さんは、ほんと打つ手が早いのね」

微笑《ほほえ》みながら、ナーガがチクリと言う。

「同じ学院同盟の危機とあればね」

さらりとレブラハルドはかわし、オットルルーを振り向く。

彼女はうなずき、口を開いた。

「調査結果を報告します。元首と主神、両方の力を併せ持つ災人イザーク、彼が眠り続けたことにより、災淵《さいえん》世界イーヴェゼイノは現在正常な秩序を保てていません。元首代理ナーガの申告通り、災淵《さいえん》世界の住人は理性を失うか、銀泡自体が《渇望《かつぼう》の災淵《さいえん》》に飲み込まれる危険があります」

「やれやれ、そりゃ大事じゃないか。なんだって、そこまで放置したのさ。早い内に手は打てなかったのかい？」

ナーガに向かって、ベラミーがざっくばらんに問いかける。

「放置していたわけじゃないわ。イーヴェゼイノも手は打ってたのね」

「災人を起こす手を、か？」

そう発言したのは、ルツェンドフォルトの軍師レコルである。

「あたしたちがパブロヘタラに入ったのはつい最近でしょ。それより前に手を貸してくれたのは、あなたのところの前皇子だけだったわ」

「元々は卿《けい》の世界の住人だろう」

「そうね。そそのかして奪ったのが、そちらの主神、傀儡皇ベズでしょ？」

「相容《あいい》れない考えだ」

するとベラミーが盛大にため息をついた。

「今更、そんなことを言い合っても埒《らち》があかないよ。レブラハルド君、それであんたはどうしたいんだい？」

「災人イザークは不可侵領海。それも、気まぐれに世界を容易《たやす》く滅ぼすほどの。彼は己の渇望《かつぼう》のままに振る舞い、ただ欲望を満たすためだけに生きる。銀水聖海に生きる人々にとって、災いそのものと言っても過言ではない」

淡々とレブラハルドは説明する。

「先人たちが今日まで語り継いできたように、決して起こしてはならない。よって、目覚めかけた災人イザークの封印と災淵《さいえん》世界イーヴェゼイノの救済を、パブロヘタラの総力を挙げて行うことを発議する」

「銀水学院序列第二位、狩猟義塾院による発議を認めます。全学院参加につき、賛成多数の場合に可決します。賛成の者は挙手を」

手を挙げたのは、レブラハルド、ベラミー、ギーである。

俺とナーガ、そしてレコルは反対だった。

「あら？　二人は味方してくれるのね。ありがと」

ナーガはそう軽口を叩《たた》く。

「賛成三、反対三。よって議決は不成立となります。元首レブラハルドの発議に対して、各学院代表者は協議を行ってください」

オットルルーが事務的に述べる。

はあ、とベラミーからため息が漏れた。

「困ったもんだねぇ、最近の若いもんは。あのイザークを野放しにしようってんだから。あたしらの世代じゃ、まず考えつかないよ」

頭の後ろで手を組んで、彼女は椅子にもたれかかる。

「元首代理ナーガ。パブロヘタラがイーヴェゼイノの救済を行う、という条件ではまだ不服かな？」

レブラハルドが、ナーガに問う。

「勿論《もちろん》、気がかりは沢山あるわ。そもそも、聖王さんはどうやって災淵《さいえん》世界を救済するつもりなのかしらね？」

「方法はいくつか考えられる。協議して決めればいい」

「祝聖天主エイフェに、イーヴェゼイノを祝福させるとか？」

「それはそなたらが望まないことだ」

ナーガが目を細める。

「本当にそう思ってるかしらね？　忌《い》まわしき災淵《さいえん》世界を正しき道へ歩ませる。ハイフォリアさんはずっとそう言ってきたんだもの」

人の好さそうな笑みを貼り付けながらも、彼女は言葉を続けた。

「良《い》い機会だし、ここで、はっきり言っておくわね。あたしたちアーツェノンの滅びの獅子《しし》や、イーヴェゼイノの住人が持つこの渇望《かつぼう》は、勿論《もちろん》自分自身にとっても思うようにならない災厄みたいなものよ。あたしにとって虚言は息をするようなことで、今だってもしかしたら嘘《うそ》をついているかもしれない。それで自分の首を絞めることだってあるわね」

それが誇らしいとでも言わんばかりに、彼女は車椅子の上で堂々と胸を張る。

「でも、これがあたしたちなの。獣から人にしてやろうなんてハイフォリアさんは考えているんだろうけど、大きなお世話ね」

「イーヴェゼイノの主張は理解している」

「でしょうね。獣の内はわからない。人になれば必ず私たちに感謝する。それがハイフォリアさんの考えだっていうのは、あたしたちも理解しているわ」

非難の言葉を、ナーガは皮肉っぽく突きつける。

「たとえ、幻獣や幻魔族でなくなったとしても、あたしたちは恨むだけね。恨んで恨んで、奪われた渇望《かつぼう》の代わりに新しい渇望《かつぼう》を手に入れ、人の身のまま、あなたたちに食らいつく」

「ふむ。だが、考えの違う者もいよう。お前たち、アーツェノンの滅びの獅子《しし》にもな」

俺が発言すると、ナーガがこちらへ視線を移す。

「たとえば、コーストリアだ。まあ、ハイフォリアのすることは拒絶するだろうが、己の渇望《かつぼう》を嫌っている。存外、人の身になった方が幸せやもしれぬぞ」

「よく知ってるのね」

「羨むだけの生が、楽しいはずもあるまい」

すると、彼女は冷たく微笑する。

「アノスはどちらの味方なのかしらね？」

「発議が気に食わぬだけだ。イーヴェゼイノに味方するつもりはない」

「では」

やんわりとレブラハルドが口を挟む。

「元首アノス。発議に対するそなたの見解を聞きたい」

反対している三人の内、一人でも意見を変えれば、賛成多数により発議が通る。

元々レブラハルドは、絶対に賛成しないであろうナーガではなく、俺かレコルを味方に引き入れる腹づもりだろう。

ナーガとの小競《こぜ》り合《あ》いは、周りの出方を窺《うかが》っていたといったところか。

「イーヴェゼイノの行く末を決めるのに、主神と元首の意見を聞かないというのは道理に合わぬ。この法廷会議に招くべきではないか？」

俺の言葉に、一瞬静寂がよぎった。

レブラハルドが言う。

「正しい見解だと思う」

「相手が災人でなければね」

「気まぐれに世界を滅ぼすのが問題だと言うなら、俺が押さえつけてやろう」

「馬鹿言っちゃいけないよ」

ベラミーが片手を振って否定する。

「あんたの力を疑うわけじゃないよ。先の銀水将棋でも凄《すさ》まじいものだった。だけどねぇ、そりゃ無理ってもんさ。仮に法廷会議中は何事も起きなかったとして、その後はどうするんだい？　四六時中見張り続けようってのかい？」

「結論が出るまではそうする他あるまい。気まぐれを起こしたなら、寝かせてやればいい」

「それはもう戦争だよ。考えたくもないねぇ。なあ、ギー。あんたはどう思う？」

「は」

魔弾世界のギーは、生真面目な声で即答した。

「災人の力は未知数な部分がありますが、深淵《しんえん》総軍を含む聖上六学院の戦力をもってすれば、撃破も不可能とは考えておりません。しかし、こちらも被害を免《まぬが》れない以上、戦闘の回避が最優先と判断します」

魔弾世界の主張は率直でわかりやすい。危険を冒してまで、災人の見解など聞く必要がないということだ。

イーヴェゼイノが滅びたところで構わぬのだろう。

鍛冶世界、ベラミーの見解も概《おおむ》ね似通っている。

わからぬのはやはり――

「レブラハルド。お前は災人と話をしてみたくはないか？」

「災人イザークは自ら眠りについた。やがて、イーヴェゼイノがこうなるのを承知の上でね。それが彼の答えだと私は思う。わざわざ起こすことはない」

ふむ。

どこまでが本音だ？

聖王に即位したレブラハルドは、オルドフの夢を継いだはずだ。災人を眠らせたままにしておくことで、それが達成できるのか。

それとも――

「どうやら、長くかかりそうだね。先に猶予を確認しておきたいが、災人に目覚める兆候は？」

レブラハルドが、ナーガに問う。

「心配性ね、聖王さんは。覚醒用の術式は破棄したし、今のまま放置しても数ヶ月は目覚めないわ」

嘘《うそ》だろうな。コーストリアから聞いた話と違う。

「それは保証ができる言葉と考えても、構わないね？」

「見張りに来てもらっても、構わないわ。ハイフォリアさんじゃなく、オットルルーにね」

真顔のレブラハルドと笑顔のナーガが、視線の火花を散らす。

「わかった。それで手を打とう」

「承知しました。まずイーヴェゼイノ近海にいる銀海クジラを向かわせ――」

オットルルーが途中で口を閉ざす。

聖上大法廷に漂ったのは、禍々《まがまが》しい冷気。

室内の温度が急速に低下していた。

その場にいた誰もが、立ち上がり、瞬時に天井を見上げた。

凍りついている。突如、激しくパブロヘタラ宮殿が震撼《しんかん》し、凍《い》てついた天井が消し飛んだ。

大きく空いた穴から大量の冷気が流れ込み、人影が下りてきた。

膨大な魔力に、俺の根源がざわつく。

「……イザーク………」

呟《つぶや》きを漏らしたのはベラミーである。

冷気が晴れていけば、そこに立っていたのは、蒼《あお》い魔眼《め》の男だ。獣のたてがみのような髪は同じく蒼《あお》で、そこに霜が降りている。

開いた口からは牙が覗《のぞ》き、呼吸とともに白い冷気を吐き出す。男は臭いを嗅ぐような素振りを見せた後、レブラハルドに視線を向けた。

「おい、狩り人」

獣のように獰猛《どうもう》な声だった。

災人イザークは、聖王を見据え、問《と》い質《ただ》す。

「オルドフは、どこにいる？」

§13. 【理性と渇望《かつぼう》】

空気が――異様に冷えていた。

聖上大法廷に立ちこめる冷気が、際限なく室温を低下させ、あらゆる物を瞬《またた》く間《ま》に凍《い》てつかせていく。

その真《ま》っ只中《ただなか》にいる男はズボンのポケットに両手を突っ込み、獰猛《どうもう》な顔つきでレブラハルドに視線を向けていた。

「おい」

荒々しく、奴《やつ》は言う。

災人の放つ声はそれだけで、聖上大法廷をガタガタと揺さぶった。

「耳がねえのか？」

「先王に何用かな？」

動じた素振りも見せず、レブラハルドは言葉を返す。

「今はこの私、レブラハルド・ハインリエルがハイフォリアの聖王だ。先王からはすべてを継承している。用件があるならば、私が承ろう」

災人は無言でレブラハルドを睨《にら》む。

「約束があんだよ」

「約束とは？」

災人がうんざりしたようにため息をつく。それに伴い冷気が噴出されるが、レブラハルドは手を振り、反魔法でかき消した。

「どこにいやがる？　くたばったわけじゃねえだろうな？」

「先王は健在だ。しかし、危害を加えるかもしれない相手に会わせるわけにはいかない」

「あの大馬鹿野郎が、ちっと話したぐれえで死ぬタマかよ」

乱暴な口調で言いながら、イザークは髪をかき上げる。

真っ白な霜がキラキラと落ちて、床がますます凍りついた。

「勇者オルドフといえども、老いには勝てない。そなたが知る頃の力はないと、理解してもら

える ね？」

「うるせえ」

面倒臭そうに災人は言う。

「とって食おうってわけじゃねえんだ。四の五の言わずに、居場所を教えな」

レブラハルドは、災人の蒼《あお》い魔眼《めい》を見つめる。

その心中を覗《のぞ》こうとするように、彼は問うた。

「危害を加えるつもりはないと？」

凶暴な視線が、レブラハルドを射貫《いぬ》く。

これ以上押し問答が続けば、今にも襲いかかってきそうな気配だった。

彼は静かに目を伏せた。

「……わかった。ただし、先王は浅層世界を放浪していてね。今は居所《いどこ》がつかめない。一ヶ月ほど猶予をくれないか？」

「長《なげ》え」

短く、イザークが言う。

「銀水聖海は広大だ。先王は定期的にハイフォリアへ帰る。一ヶ月以内には戻ってくるだろう。勿論《もちろん》、こちらでも捜索をしよう――」

災人の体中に、冷気が渦巻いた。

奴《やつ》の苛立《いらだ》ちに呼応するように、魔力が桁外れに膨れ上がる。

「しち面倒くせえ！」

途端に鈍い音がパブロヘタラのそこかしこから響いた。

ガッ、ガガガッ、ガガガガガガガガガガガッと破壊音が鳴り響き、浮遊大陸ごと宮殿の三分の一が崩れ落ちていく。

災人から発せられる魔力に、パブロヘタラが耐えられぬのだ。

「ここがぶっ壊れりゃ、駆けつけてくんだろ」

ぐっとイザークが拳を握る。

即座にレブラハルド、ギー、ベラミーが反応する。奴《やつ》の攻撃に対抗するべく、素早く魔法陣を構築していく。

「遅《おせ》え――」

「まあ待て」

災人が視線を鋭くする。

俺は堂々と正面から近づき、奴《やつ》の拳を掌《てのひら》で包み込んでいた。

噴出する蒼《あお》き冷気と、渦巻く黒き粒子が、バチバチと衝突しては激しく火花を散らす。

「パブロヘタラを滅ぼしたとて、隠居している老人の耳に入るのは、いつになるやらわからぬぞ」

「どきな」

ぐっと災人が力を込めるも、しかし、その拳は寸分たりとも動かせぬ。

行き場のない力の余波が、パブロヘタラ宮殿をガラガラと崩し、第七エレネシアをも震撼《しんかん》させた。

　そこで初めて、イザークは俺の顔をはっきりと見た。

「……誰だ、てめえは？」

「転生世界ミリティアが元首、魔王アノス・ヴォルディゴードだ」

　すると、災人は僅かに興味を覚えたような顔をした。

「は。ナーガが言ってやがったアーツェノンの滅びの獅子《しし》か」

　レブラハルドが表情を険しくする。

　ベラミー、ギーの注意が、一瞬こちらに向いた。

「――だが、それだけじゃねえ」

　俺を値踏みするように、イザークは魔眼《めめ》を凝らし、深く深淵《しんえん》を覗《のぞ》き込《こ》む。

「見せてみな」

　振り上げた奴《やつ》の左腕に魔法陣が描かれ、蒼《あお》く凍《い》てつく。

「《災牙氷掌《ガルムンク》》」

「《根源死殺《ベブズド》》」

　俺と災人は、互いに腕を突き出す。

　蒼《あお》き冷気と黒き粒子が渦を巻き、凍《い》てつく手掌《しゅしょう》と、漆黒の指先が激突した。

　刹那《せつな》、《根源死殺《ベブズド》》がたちまち凍りつき、俺の左腕の付け根までが凍傷に侵される。

「浅《あせ》え。そんなもんじゃねえだろうが」

　災人が俺の土手っ腹を蹴り飛ばす。右腕でそれを防ぐも、弾《はじ》き飛《と》ばされた体は聖上大法廷の机を破壊した。

ベラミー、ギーは室内を反魔法と魔法障壁で覆いながら、パブロヘタラ宮殿への被害を食い止めている。

レブラハルドはオットルルーを守るように位置取り、彼女はある魔法陣を描いている。レコルはその魔法を隠蔽していた。

『そのまま時間を稼いでくれれば、災人を《絡繰淵盤《からくりえんばん》》に引きずり込める』

レブラハルドから《思念通信《リークス》》が届く。

なにはともあれ、それが先決だろうな。

災人はまだ遊んでいる。今のうちに隔離しておかねば、本気を出した瞬間、パブロヘタラ宮殿が消滅してもおかしくはあるまい。

「本気を出しな、アノス・ヴォルディゴード」

凶暴な顔つきで、災人が言う。

「出させてみよ」

俺は目の前に魔法陣を描いた。

「《深印《ドラム》》」

更にもう一つ別の魔法陣を重ね、立体魔法陣を構築する。

「《災牙氷掌《ガルムンク》》」

獣が襲いかかるが如《ごと》く、一足飛びで迫った災人が、凍《い》てつく掌底を繰り出す。それに対し、俺は再び真っ向から手を伸ばした。

「《深源死殺《ベブズド》》」

氷が砕ける音が響く。

黒き《深源死殺《ベブズド》》の手が災人の《災牙氷掌《ガルムンク》》の手を押さえ込んでいた。

「はっ」

災人の声が弾んだ。

「浅層魔法を深化させやがったな。火露《ほろ》なしでそれをやんのは第三魔王ヒーストニアぐらいだが――どこで習いやがった？」

「なに、《深印《ドラム》》の術式はパブロヘタラで見たものでな。ただ深淵《しんえん》を覗《のぞ》いたにすぎぬ」

すると、災人は笑った。

ひどく興味を覚えたような、けれども狂気に満ちた笑みだ。

「面白《おもしれ》え」

災人は魔力を収め、拳を引いた。そうして、無防備に曝《さら》すように、俺の目の前で背を見せた。

「帰んぞ」

イザークが言う。

すると、これまで事態を静観していたナーガが、呆《あき》れたように口を開いた。

「災人さんはあたしの好きにしろって言わなかったかしらね？　こんなことするんなら、最初から一人で来ればよかったじゃない」

「気が変わったんだよ」

「その気まぐれのせいで、せっかく頑張った裏工作がぜんぶ台無しね」

「隠すからバレんだよ。嘘《うそ》つき女の末路じゃねえの」

当てつけのようにナーガはため息をつき、車椅子をイザークのそばまで走らせた。

「おい」

災人は、レブラハルドに視線を向けた。

「三日だけ待ってやる。オルドフをイーヴェゼイノへ連れてこい」

「善処はさせてもらうが――」

「できねえなら、ハイフォリアを潰す」

さらりと災人はそう言い切った。

「そういう約束だ」

「それは、パブロヘタラに敵対するという意味と思って、構わないね？」

「好きにしろ。学院同盟なんざ興味はねえ」

《飛行《フレス》》を使い、天井の穴へイザークとナーガは上昇していく。

「災人イザーク」

レブラハルドが言う。

「パブロヘタラと戦えば、そなたはともかく、イーヴェゼイノの住人はただでは済まない。主神であり、元首であるそなたが、民を思わぬそのような振る舞いをするのは果たして正道と言えるのか？」

「ハイフォリアの連中が言うこたぁ、いつの時代も変わらねえな。やれ虹路《こうろ》だ、やれ正道だと、しち面倒くせえ。あたかもこの銀海に正義ってもんがあるような面してやがる」

毅然《きぜん》とした態度を崩さず、レブラハルドは答えた。

「正義は存在するよ。少なくとも、渇望《かつぼう》のままに生きるのはそうではない」

はっ、とイザークがその言葉を笑い飛ばす。

「てめぇは正義を渇望《かつぼう》してねぇのかよ？」

「私たちは正義のためならば、正義を求める心すらも捨てられる。それが人の理性だよ」

真顔のレブラハルドへ、イザークが狂気じみた笑みを返す。

「正義に飼われた獣よりゃ、悪《あ》しき獣になって野垂れ死んだ方が何億倍もマシだろうよ」

二人は更に上昇し、宮殿から飛び去っていく。

「オレからすりゃ、てめぇの方が遥《はる》かに狂ってんぜ。オルドフの息子」

§14．【五世界の主張】

オットルルーは、穴の空いた天井を見上げた。

空の彼方《かなた》、黒穹《こっきゅう》を注意深く観察した後、彼女は静かに視線を下ろす。

「災人イザーク、ナーガ・アーツェノンは第七エレネシアを離脱しました」

聖上六学院の代表に向き直り、彼女は言う。

「災人イザークの発言は、イーヴェゼイノによるパブロヘタラへの敵対宣言と見なされます。パブロヘタラ学院条約第五条、パブロヘタラへの敵対表明ないし明確な敵対行為を行った小世界は、当学院同盟より除名される。条約に則《のっと》り、現時点をもって、災淵《さいえん》世界イーヴェゼイノをパブロヘタラから除名します」

異論の声はない。

災人は聖剣世界ハイフォリアを潰すと言った。

パブロヘタラとしては看過できぬだろう。

「緊急事態につき、全学院同盟へ状況を報告します」

彼女は《思念通信《リークス》》を使い、パブロヘタラ中へ情報を伝達していく。

ギーが部屋の中心に歩み出る。

「《魔弾索敵《ケッセル》》」

描かれた魔法陣から、黄色の弾が出現した。

天井の穴から覗《のぞ》く空へ、ギーがその魔弾を飛ばせば、無数に分裂し、空を覆う傘のように広がっていく。

「自分が第七エレネシアへの再侵入を警戒します」

ギーが言う。

広がった《魔弾索敵《ケッセル》》は第七エレネシアの全上空を網羅している。

領域に入った者を探知する術式のようだ。あれだけ広範囲ならば、外から入ってくる者は見逃すまい。

「全学院同盟へ災人イザーク襲来及びイーヴェゼイノの除名を報告しました」

オットルルーが言った。

「しかし、面倒なことになったもんだねぇ」

ベラミーは魔法陣の中心に手を入れ、大槌《おおづち》を取り出す。

それを軽く振って、半壊していた机を粉々に砕き、床を割った。すると、そこに魔法陣が描かれ、机や床がみるみる復元していく。

あっという間に、天井に空けられた穴まで元通りになり、三分の一ほど破壊された宮殿までもが修復された。

「魔力は戻んないよ。単なるハリボテでもないよりはマシだろう」

「パブロヘタラ宮殿の機能は、後ほどオットルルーが修復します」

「それで、だ」

ベラミーがレブラハルドに視線を向ける。

「こりゃ、お父上に助力を請《こ》うた方がいいんじゃないかい？　レブラハルド君」

「災人の狙いは先王のようだ。引き合わせるわけにはいかない」

「会わせる云々《うんぬん》はこの際どうでもいいさ。あんたが一番理解してると思うが、オルドフは災人と戦って生き延びた男だ。奴《やつ》のことをよく知っているだろうし、なにより彼がいるだけで士気が違う」

レブラハルドは真顔でうなずく。

「先王の偉大さを疑う余地はない。しかし、ハイフォリアの狩猟義塾院はそこまでやわではないよ。災人のことも、すべては先王より伝えられている」

ベラミーは眉をひそめる。

「自分たちだけで対処できるってのかい？」

「危機に陥る度に退位した者を引っ張り出しては、いつまで経《た》っても未来へ進めない。私たちはそのための準備はしてきたつもりだ」

肩をすくめ、ベラミーは言う。

「ご立派な考えだがねぇ。未来へ進むのは、災人を片付けた後で遅くはないんじゃないかい？　そもそも、イザークの狙いはお父上なんだから、このまま浅層世界を放浪させておくのは危険だろう」

「保護はする。誰にも知られないように匿《かくま》おう」

老いた父を戦場に向かわせたくないというのはわかるが、こうも頑《かたく》なのは疑問だな。

災人のことを伝えられているとはいえ、実際にその力を肌で感じた者とそうでない者とではやはり雲泥《うんでい》の差《さ》がある。

ベラミーの言う通り、前線に出ずとも、後方で指揮を執っていればよい。

それまで拒否する理由はなんだ？

「レブラハルド元首」

直立不動の姿勢で、ギーは実直な声を発した。

「自分はオルドフ先王を囮《おとり》に使い、確実に災人を殲滅《せんめつ》することを提案します。先王の身の安全は我々エレネシアの深淵《しんえん》総軍が保証します」

「それは呑《の》めない」

「我々も不合理な作戦には参加できません」

きっぱりとギーは断言した。

「それで構わないよ。イーヴェゼイノとの紛争は、古くから続いてきたハイフォリアの問題だ。エレネシア側に力を貸す義理はないのは承知している」

「正気とは思えないねぇ」

そうベラミーがぼやく。

「ハイフォリアが災人に落とされるリスクは、我々エレネシアも看過できません。深淵《しんえん》総軍の力なしに、イーヴェゼイノを撃退するお考えが？」

生真面目な顔でギーが問う。

「イーヴェゼイノとハイフォリアは天敵同士。奴《やつ》らの牙と爪は私たちを裂き、私たちの剣と矢は奴《やつ》らを貫く。災人は恐るべき力を有しているが、対抗する手段がないわけでもない。勝敗を決めるのは、戦地となる場所と見ていい」

理路整然とレブラハルドは答えた。

「奴《やつ》らの縄張りでは勝算は薄いが、私たちの狩り場ならば、狩猟貴族の勝利は揺るぎない」

災淵《さいえん》世界イーヴェゼイノで戦えば災人が有利、聖剣世界ハイフォリアで戦えば聖王が有利か。

二つの世界の秩序は、それぞれの世界の住人に、真逆の恩恵をもたらすのだろう。

「ハイフォリアに災人をおびき寄せるというわけか」

俺の言葉に、レブラハルドはうなずいた。

「災人の目的は目下のところ先王だとわかっている。言葉通り、三日経《た》てばハイフォリアへ乗り込んでくると見ていいだろうね」

「情報戦で、ハイフォリアにオルドフを匿《かくま》っていると思わせられれば問題はありません。しかし、乗ってこなければどうします？」

ギーの質問に、レブラハルドが答える。

「ギー隊長、深淵《しんえん》総軍は戦上手ですが、災人は獣だ。狩りならば、私たち狩猟義塾院の独壇場。イザークに時期を待つという選択肢はない」

「その根拠をお聞きしたい」

「たとえ、ハイフォリアにオルドフがいなくとも、故郷で暴れていれば必ず駆けつけてくると考えるのが獣の思考。災人にとってはハイフォリアを襲うのが最も手っ取り早い」

「イーヴェゼイノにとって、リスクが大きすぎると判断しますが」

すぐさま、ギーが疑問点を述べる。

「理性と渇望《かつぼう》が鬩《せめ》ぎ合うとき、必ず渇望《かつぼう》が勝るのがイーヴェゼイノの住人だ。リスクなど、災人の頭にはないだろうね。重要なのは己の衝動のみ。そうでなければ、そもそも単身でこのパブロヘタラに乗り込んでは来ない」

「事実と仮定します。それでも先王オルドフを実際に囮《おとり》とすることが、より獣の渇望《かつぼう》に対して効果的かと。災人が先王に接触するより先に、我々の魔弾で撃ち抜きます」

「先王に囮《おとり》の役目を務めさせるわけにはいかない」

「深淵《しんえん》総軍の戦力が不安ということなら、必要な分だけの部隊を用意します」

レブラハルドは小さく首を振った。

「リスクの問題ではないよ。どれだけの大部隊に守られていようとも、狩猟貴族の誇りにかけ、偉大なる先王に囮《おとり》などという不名誉な真似《まね》はさせられない。その作戦は、我がハイフォリアでは理解が得られない」

直立不動のままギーは言葉を返さなかった。

これ以上の交渉は無意味と悟ったのだろう。

根っこのところでは、ハイフォリアもイーヴェゼイノと同じだ。

合理性の代わりに選ぶものが、衝動か誇りかの違いでしかない。それゆえに、奴《やつ》らの考えがわかるのやもしれぬな。

「不合理なのは承知している。エレネシアの理解が得られないのは仕方がない」

「失礼いたしました、元首レブラハルド」

生真面目な顔を崩さず、ギーは言った。

「ジジ大提督の許可が下りなければ、深淵《しんえん》総軍の本隊は動かせません。しかし、自分が率いる一番隊にはある程度の裁量があります。決戦のとき、ハイフォリア近くに布陣し、援護を行うことは可能であります」

「十分だよ。感謝しよう」

ギーが一歩下がり、ベラミーが大きくため息をついた。

今の決定には不服がある、と言わんばかりだ。

「あたしゃ、正気の沙汰とは思えないけどねぇ。ハイフォリアを狩り場にすれば、有利なのは確かだろうさ。だが、いるのは狩猟貴族だけじゃないだろう。戦えない民はどうするんだい？」

「準備はしてきたと言った。民は安全な場所へ避難させる。そこを突破される前に、災人を狩る。よろず工房の鉄火人《てつかびと》たちにも協力を要請するが、構わないね？」

「だから、反対してるのさ。ハイフォリアとはそういう約束だからねぇ。あんたらが戦争するんなら、あたしらは傍観できないじゃないか」

学院同盟以前に、二世界で協定を結んでいるのだろう。

拒否すれば、恐らくバーディルーアは自世界が侵略を受けた際に、ハイフォリアの援護を受けることができなくなる。

「災人は我々ハイフォリアが相手をする。アーツェノンの滅びの獅子《しし》もできる限り引き受けよう」

「ジジ大提督殿に頭を下げてみてもバチは当たらないんじゃないかい？」

「情で動くような人ではないと思うね」

はあ、とベラミーは盛大にため息をつく。

「ちょっと考えさせとくれよ」

レブラハルドは首肯する。

「軍師レコル。ルツェンドフォルトは戦力を融通できそうか？」

「時期が問題だ。傀儡皇は動けない」

「人型学会の人形部隊は？」

「傀儡皇次第だ」

「相手は不可侵領海。パブロヘタラへの敵対宣言をしてきた以上、そなたたちがまったく力を貸せないというのは、条約に反する。わかっているね？」

「無茶を言うもんじゃないよ」

諫《いさ》めるようにベラミーが口を挟む。

「ルツェンドフォルトは元首がいなくなったばかりさ。外のことより、自分の世界をなんとかするので精一杯だ。レコル君も代理で来てるだけ、決定権なんてあるとは思えないねぇ」

「わかっている。傀儡皇ベズに、そう言伝《ことづて》願いたい」

「伝えておく」

ふむ。

レコル一人でも動員できるのなら、十分すぎる戦力だと思うがな。力の底を見たわけではないが、それでもゆうにパリントンより上だ。

立場が軍師ということもある。あるいはこのパブロヘタラでは、まだ力を見せていないのやもしれぬな。

あるいは、力を隠しているのか？

「では、元首アノス」

レブラハルドが、俺の方を向く。

「ミリティアの魔王学院はどれだけ戦力を出せる？」

「奴《やつ》がハイフォリアを滅ぼそうとするなら、俺が止めてやる」

「それは心強いね」

「だが、言葉より先に剣を向けるのは我が世界の流儀ではない」

レブラハルドが目を細くする。

ベラミーが呆《あき》れたような表情を浮かべた。

「今更なにが気になるっていうんだい？」

「災人イザークとオルドフの約束だ。あるいはあちらに大義があっても不思議はないと思ってな」

「イザークに大義ねぇ。気まぐれで世界を滅ぼすような奴《やつ》にかい？」

「いかな悪人とて、悪行しかせぬわけではない」

「そりゃそうだけどねぇ」

気のない口調でベラミーが言う。

「レブラハルド。お前はその約束に心当たりがあるのではないか？」

静かに奴《やつ》は答えた。

「元首アノス。狩人《かりゅうど》として忠告しておこう。獣の鳴き声に意味を求めようとすれば、たちまちその牙に食いつかれる」

俺の視線を、奴《やつ》は堂々と受け止める。

隠し事など、なにもないと言わんばかりに。

「本当にそう思っているか？」

「思っていないように聞こえたかい？」

揺さぶりにも動じず、レブラハルドは普段と同じように聞き返してくる。

話す気はないということだろう。

「そこまで災人の肩を持つのは、そなたがアーツェノンの滅びの獅子《しし》だからとも考えられるね」

「くはは」

思わず、笑い声が漏れる。

「慎重なことだ。今更、カマをかけずとも否定はせぬぞ。ナーガが言った通り、俺はアーツェノンの滅びの獅子《しし》だ」

「では、気をつけた方がいい。そなたの立場で災人を擁護するような発言を行えば、彼らの仲間だと言っているように聞こえてしまう」

「それはそれは、耳が腐っているのだろうな」

レブラハルドは真顔で、しかしそれ以上はなにも言わない。

イザークの真意を探ろうとする俺の言葉に、価値がないと他の者に示したかっただけなのだろう。元より、俺と議論する気などあるまい。

「猶予はまだ三日ある」

俺は、転移の固定魔法陣に魔力を込める。

「災人に探りを入れ、対話の場を設ける。奴《やつ》がハイフォリアを滅ぼそうというのなら守ってやる。俺が我を通したところで、なんの文句もあるまい」

この場から転移しながら、俺は言い残した。

「真相がわかったなら、お前たちにも教えてやるぞ」

§15・【宿りし精霊】

パブロヘタラ宮殿、その通路へ俺は転移する。

真白な視界が色を取り戻せば、前方に狩猟義塾院の制服を纏《まと》った男——バルツァロンドが立っていた。

待っていたと言わんばかりに、彼は俺に訴えるような視線を向けている。

「……災人はなんと言っていたか？」

「三日以内にオルドフをイーヴェゼイノへ連れてこい、だそうだ」

バルツァロンドは神妙な表情で俯《うつむ》く。

「レブラハルドに要求を呑《の》むつもりはないようだ。ハイフォリアを狩り場にして奴《やつ》を誘い込み、仕留めるらしい」

「……狩猟貴族としては当然の行いだ。獣の言葉に耳を傾けるなどありはしない……」

「歯切れが悪いな」

そう指摘してやれば、バルツァロンドは一瞬言葉に詰まった。

「オルドフと災人の誓いに関係があることか？」

バルツァロンドは、眉をピクリと動かす。

「……災人の目的は、先王との誓いにあるのか……？」

笑みを浮かべて肯定を示す。

「お前の考えを当てて見せようか」

言いながら俺は歩き出し、バルツァロンドの横を通り過ぎる。意を決したように彼は振り向き、俺の後ろへ続いた。

「先王オルドフは災人イザークと誓いを交わし、それによりあの不可侵領海は眠りについた。オルドフはハイフォリアに災人を匿《かくま》っていた。彼の正道、交わした誓いがあったがゆえに、災人を滅ぼすことはできなかったのだ」

「……なぜ、それを……？」

俺の隣で歩を進めながら、バルツァロンドは目を丸くする。

「オルドフと災人の誓いは、聖王レブラハルドに引き継がれたはずだ。にもかかわらず、なぜレブラハルドは、災人イザークをただ狩ろうとするのか」

バルツァロンドは歯を噛《か》みしめ、思い詰めた表情で床を見つめる。

「オルドフの誓いを、レブラハルドは無視しようとしているのではないか」

バルツァロンドはそう疑念に駆られたに違いない。

「……そんなはずはない……」

自らに言い聞かせるような言葉だ。

「誓いの内容を知るのは、先王オルドフと現聖王のみ。兄は私と違い聡明《そうめい》だ。なにか考えがあるのだろう」

「お前の兄は、変わってしまったのではなかったか？」

「それは……」

言葉を探すようにしながら、バルツァロンドが答える。

「……それでも、先王との……父の夢を継ぐと言ったあの言葉に、反するなどありえはしない……」

変わってしまったと言いながらも、根底にあった信頼は切れていないのだろう。

レブラハルドの根っこだけは変わっていないと信じたいのやもしれぬ。

「だが、不安なのだろう？」

「…………」

「災人がなんと言ったかを、レブラハルドではなく俺に尋ねたのがいい証拠だ」

肯定を示すように、バルツァロンドは黙り込む。

「ちょうど俺も誓いの内容を知りたかったところだ。確かめに行くか？」

「……問いただそうと、兄が口を割ることはないだろう」

そうだろうな。

「当人に訊《き》けばよい。オルドフがどの辺りの釣り場を巡っているか、話に聞かなかったか？」

「……現聖王が即位して以来、私は先王に会っていない……パブロヘタラでの序列戦や折衝が私の役目だ。ハイフォリアに戻ることは滅多になかった」

オルドフも滅多に帰って来なかったため、会う機会がなかったわけか。

「即位してまもないわけでもあるまい。その間、一度もか？」

「父の配慮だ。伯爵として私は聖王に命じられた役目を全うしていた。いちいち先王が会いに来ては、七光りだと言われよう」

ふむ。まあ、あり得ぬことでもないか。

相当な年数父親と会っていないことになるが、ハイフォリアの文化はわからぬ。バルツァロンドが変に思わぬのなら、さほど不自然でもないのだろう。

「オルドフの居場所は、本当にハイフォリアでもつかめぬのか？」

「退位した先王の自由を奪うことはしない」

「災人がオルドフに会いに来ることを、レブラハルドは知っていたやもしれぬ。ならば、身の安全のため、密《ひそ》かに連絡がつくようにしておいても不思議はあるまい」

険しい表情でバルツァロンドは考え込む。

「……もし、父の情報を隠し持っているとすれば……ハイフォリア本国に……五聖爵最高位、ガルンゼスト叡爵《えいしやく》が握っているはず……いや」

思い直したように彼は顔を上げた。

「しかし万一父と会えたところで、誓いの内容を他者に漏らすとは……」

「詳細を聞けるに越したことはないがな。レブラハルドのしていることが誓いに合致しているか確かめるだけでもよい」

それに災人が目覚めた今の状況ならば、ある程度は聞き出すことができるかもしれぬ。

「……確かに……その価値はある……」

「決まりだな。そういえば、お前に訊《き》こうと思っていたのだが、レイが霊神人剣から声が聞こえると――」

血相を変え、バルツァロンドが俺の方を向いた。

「天命霊王《てんめいれいおう》ディオナテクがかっ……!?」

ただ事ではないというのは、その様子ですぐにわかった。

「詳しくはわからぬ。なにか問題か?」

「レイはどこにいるのだ?」

「今頃は庭園だろうな」

「急ぎ、霊神人剣を確認したい!」

そう口にするや否《いな》や、バルツァロンドは地面を蹴り、庭園へ走っていった。

「……ふむ」

俺は《転移《ガトム》》の魔法を使う。

視界が真っ白に染まり、パブロヘタラの庭園へと転移する。

霊神人剣を手に、レイが岩に腰掛けていた。

「バルツァロンドに話を通した。どうやら、声の主は天命霊王ディオナテクという者らしいが
――」

レイはこちらを振り向きもせず、無言で目の前を見据えている。

そこに魔眼《めは》を向けたが、なにも見えぬ。

だが、恐らくは、なにかがいる。

霊神人剣の声を聞いたときと同じように、恐らくレイの魔眼《め》には――

「……たぶん……これは精霊だと思う……霊神人剣に宿った……」

「レイっ!」

バルツァロンドの声が飛んできた。

全速力で庭園へ駆けつけた彼は、黄金の柄を放り投げた。

レイがそれを片手でつかむ。

「剣身とつなげるのだ！　柄と刃が一体になれば、天命霊王にも力が戻るっ！」

バルツァロンドに言われるがままに、レイはエヴァンスマナから仮の柄を外す。すると、共鳴するかのように、受け取った黄金の柄に魔法陣が描かれていく。

磁石が引き合うが如《ごと》く、そこへエヴァンスマナの剣身を差し込まれれば、目映《まばゆ》いばかりの光が庭園を満たす。

俺とレイ、そしてバルツァロンドは、その光の空間へ隔離された。

「……助……けて……」

目の前に浮かび上がったのは、煌《きら》びやかな王の装束を纏《まと》った女性である。

口には枷《かせ》のようなものをつけており、右手に筆を、左手には短冊《たんざく》状の細長い木の板――木簡《もっかん》を持っている。

木簡には今し方、天命霊王が口にした『助けて』という言葉が書かれていた。

「天命霊王ディオナテクに願い奉《たてまつ》る！」

バルツァロンドが、その精霊に言った。

「汝《なんじ》が宿りし剣の使い手に、その天命を与えたまえ」

すると、天命霊王は筆を動かし、木簡に続きを書く。

声が響いた。口枷《かせ》をしているはずの彼女から、静謐《せいひつ》な声が――

「……助けて……あげて……」

その言葉は、霊神人剣を持つレイへ向けられている。

彼はまっすぐ問うた。

「誰を助ければいいんだい？」

「…………」

天命霊王は筆を動かしている。

しかし、木簡に続きが書かれることはなく、声も聞こえなかった。

ふっと光が消えていき、周囲は元の庭園に戻った。

天命霊王ディオナテクの姿も消えている。

レイに視線をやると、彼は首を横に振った。

「……僕にも見えなくなった。声も聞こえない……」

「霊神人剣が錆《さ》びているからだ」

バルツァロンドが言う。

「宿りし精霊も、聖剣が錆《さ》びればその力を十全に使うことができない」

「……錆《さ》びている？」

レイは霊神人剣の剣身に視線をやる。

刀身は鋭く研ぎ澄まされている。錆《さび》はおろか、刃こぼれ一つ起こしていない。

「そうは見えないけど……？」

「刃についてはそうだろう。しかし、霊神人剣の輝きは錆《さ》びついている。本来の聖剣が放つ光はこの程度ではないのだ」

そういえば、イーヴェゼイノ戦で、ボボンガも錆《さ》びていると言っていたか。

「天命霊王ディオナテクはその人物に相応《ふさわ》しき天命を下す神、という伝承にて生まれた精霊。霊神人剣に宿っているディオナテクが声を発するのは、使い手が大きな運命の渦中《かちゅう》にあることを意味する」

バルツァロンドは真剣な口調でレイに語る。

「災人イザークがパブロヘタラを訪れたのとほぼ同時期ということは……レイ、貴公はこの一件に深く関わる運命を背負っているのかもしれない」

「……てっきり、霊神人剣が助けを求めてると思ったんだけどね……」

実感がないといった風にレイが微笑《ほほえ》む。

イーヴェゼイノとハイフォリアの争いにおいて、俺たちは部外者のはずだったが、どうやら少々状況が変わってきた。

「なおさら、天命霊王の声を聞かなきゃいけないようだね。どうやったら、霊神人剣は元の輝きを取り戻せるんだい？」

「エヴァンスマナを鍛えたのは、よろず工房の魔女ベラミー・スタンダッド。彼女に聖剣を鍛え直してもらうしかない。今ならば、まだ聖上大法廷にいるはずだ」

すぐさま、バルツァロンドが走り出そうとし、

「いや」

俺の声に足を止め、また振り向いた。

「戦に備え、ベラミーも一度バーディルーアへ戻るだろう。それまで待った方がよい」

「なぜだ？」

疑問の表情を浮かべながら、バルツァロンドが問う。

「イーヴェゼイノを迎え撃とうとしている聖王が、霊神人剣を俺たちに預けたままにするとは思えぬ」

災淵《さいえん》世界イーヴェゼイノの戦力は災人イザークに次ぎ、ナーガ、ボボンガ、コーストリアだ。災人イザークにどれほど効果があるものかは知らぬが、少なくともアーツェノンの滅びの獅《し》子《し》に対しては、切り札となる霊神人剣を使うつもりと考えて間違いあるまい。

今頃は魔王学院から剣を回収する算段をつけていると考えるのが妥当だ。

「それは、確かに」

「魔王学院は一足先にバーディルーアへ向かう。バルツァロンドがそれを追って第七エレネシアを発《た》ったという名目にすれば、多少の自由が利《き》くだろう」

イーヴェゼイノとの決戦に備え、五聖爵の一人であるバルツァロンドには、なんらかの命が下されるはずだ。

それを呑《の》んでいては、オルドフに会うことはままならぬ。

かといって俺一人では、先王から信用が得られぬだろう。

ゆえに、聖王が命を下すより先に動く。霊神人剣を回収するという名目があれば、バルツァロンドも途中で引き返せとは言われまい。

「先王の居場所については、どのように？」

「バーディルーアでレイを降ろした後に、ハイフォリアへ行く。戦力が必要な状況だ。パブロヘタラの学院同盟ならば、入界拒否はされまい」

納得がいったようにバルツァロンドはうなずく。

「承知した。元首アノス、貴公の厚意に感謝する」

笑みで応じて、俺は告げる。

「行くぞ。レブラハルドが手を打つ前に第七エレネシアを出る」

§16. 【鍛冶世界バーディルーア】

窓の外には、銀水が見える。

銀灯のレールを敷きながら、魔王列車は銀水聖海を走っていた。

バルツァロンドが乗る銀水船ネフェウスが、鍛冶世界までの道を先導している。

『なるほどなるほど。つまり、オマエたちがバーディルーアに立ち寄っている間に、聖王からハイフォリアへ入る許可を取りつけておけ、と』

銀灯のレールを通し、第七エレネシアにいる熾死王の声が《思念通信《リークス》》にて届く。

『まあ、災人イザークと一戦交えるならば、戦力はいくらあっても困らないとは思うが、いやいや、しかしだ。あの男も相当にきな臭い。一筋縄でいくかどうか？』

厄介事を楽しむかのような、もったいつけた言い回しである。

「ハイフォリアに入る口実があればよい。手法はお前に任せる」

機関室の玉座より、俺はそう命ずる。

『任せてもらうのは構わないが、こちらにはお目付役がいない。後がどうなるか？』

愉快そうな声が響く。熾死王の含み笑いが目に浮かぶようだ。

「構わぬ。なるべく穏便に済ませろ」

『さすが魔王、剛気ではないか。ああ、それとオマエが術式改良を施した《深印《ドラム》》の件だが、使い物になりそうだ』

第七エレネシアを出る前に、改良した術式をエールドメードに教え、検証するように言いつけておいた。

『生徒一〇人に試してもらったが、三人が魔法陣の構築、一人が魔法行使まで達成した。もう少し訓練すれば、実戦でも使えるレベルになりそうだ』

すると、不思議そうにサーシャが首を捻《ひね》った。

「うちの生徒たちが使えるって、《深印《ドラム》》は火露《ほろ》を触媒にする魔法よね？　火露《ほろ》を使わない術式に改良したんだったら、それこそアノスみたいに、莫大《ばくだい》な魔力が必要なんじゃないの？」

『カカカ、無論、火露《ほろ》を使ったときほどの効果はないがね。《深印《ドラム》》が火露《ほろ》を必要としていたのは魔力増幅の役割の他、属性変換に使われるからだ』

「属性変換？　魔法属性の変換をするってこと？」

耳慣れぬ言葉に、サーシャは疑問を浮かべている。

「《深印《ドラム》》は、潜水属性の限定秩序」

淡々とミーシャが言った。

「潜水属性ってことは、《水中活動《コ　コ》》と同じ？」

こくりとミーシャがうなずく。

「魔法の深度を海と捉え、そこへ魔法を潜らせる術式。だから、浅層魔法が深くなる」

『その通り。もっとも、どこまで深く潜れるかは魔法によるようだ。たとえば、《灼熱炎黒《グリアド》》の魔法は《深印《ドラム》》でもまったく変化しないが、《火炎《グレガ》》ならば深層魔法に変わるといった具合に』

つまり、《深印《ドラム》》を使う場合に限っては、本来上位の魔法である《灼熱炎黒《グリアド》》は、最低位の《火炎《グレガ》》に劣る。

どの程度深化するかは、魔法によって千差万別。今のところ、法則性は見当たらぬ。

「んー？　ちょっと待って。話が飛んでるぞ」

エレオノールが目線を上へ向けながら、人差し指を立てる。

「魔法属性の変換はどうなったんだ？」

『よく考えてみたまえ。オレたちの常識では《深印《ドラム》》が限定秩序だったところで、《水中活動《コ　コ》》より上位魔法というだけだ。しかし、他の世界の住人はどうだ？』

エールドメードの説明に、彼女ははっとした。

「あー！　そっかそっか。限定秩序の魔法は他の小世界だと殆《ほとん》ど使えないんだっ！」

銀城世界バランディアスならば築城属性、思念世界ライニーエリオンならば思念属性の魔法以外、限定秩序の魔法は使うことができない。

「でも、それってなんか変よね。わたしだって、破壊神の秩序は持ってるけど、それを抑えて、限定秩序の潜水属性魔法を使うことぐらいできるわ。創造魔法はさすがにちょっと難しいけど」

サーシャが言う。

『それは転生世界ミリティアならではの特性だ』

バルツァロンドの声が響く。

この距離ならば銀水聖海といえども、魔法線をつなげ《思念通信《リークス》》を使うことはできる。

『ハイフォリアにも破壊神は存在するが、どれだけ抑えようともハイフォリアの限定秩序である祝福属性の魔力を消し、魔法行使などできはしない。ミリティア世界が主神のいない不完全な世界であるがゆえに、その自由さがもたらされているのだろう』

『つ・ま・り・だぁっ！　限定秩序である《深印《ドラム》》を行使するために、他世界の者は火露《ほろ》を触媒としなければならない。しかし、我らがミリティア世界の住人はその秩序の枠に収まらないというわけだ。カカカカ、これではどちらが不完全な世界かわからないではないかっ‼』

痛快そうにエールドメードが言い放つ。

「第三魔王ヒーストニアとやらは別らしいがな」

災人の言葉を思い出しながら、俺は言った。

「ミリティア世界以外の住人でも、他世界の限定秩序を使える人がいるってことかしら？」

「いたとしても不思議はあるまい」

主神のいない世界が、ミリティアだけとは限らぬ。

それ以外に別の方法があるのやもしれぬ。

銀海の魔王たちは不可侵領海、パブロヘタラには情報もないことだしな。

「あるいは、その第三魔王が潜水属性の世界出身といったことも考えられる」

どちらにせよ、今はさほど気にすることではあるまい。

「《深撃》《ゼルス》はどうだ？」

『そっちを使いこなせたのは冥王ぐらいだ。同じく潜水属性だが、これは魔法ではなく打撃や剣撃などをより深いところへ届かせる。《武装強化》《アデシン》に近い使い方になるが、魔力の消耗が大きすぎると言っていた。魔王の右腕や勇者の見解を聞きたいところだが？』

霊神人剣を見ていたレイが、顔を上げる。

「一応、試してはみたよ。イージェスが言う通り、魔力の消耗が大きいから常用は難しい。勝負どころで使うのが一番いいかな」

『カカカ、勇者はこう言っているが、魔王の右腕？』

熾死王の問いに、シンは静かに口を開く。

「私と彼はさほど魔力量に差はありませんが、彼の一〇倍は長く《深撃》《ゼルス》での戦闘を行えるでしょうね」

『なるほどぉ。そうかそうか。そうではないかと思っていた』

シンがどういった《深撃》《ゼルス》の使い方をするか、予想がついていたのだろう。エールドメードは楽しげにひとりごちる。

『そのやり方でいけるのなら、アイツらも一撃ぐらいは《深撃》《ゼルス》が使えるかもしれんな』

「では、《深印《ドラム》》と相性のよい魔法を探し、戦闘訓練を行え。可能ならば切り札に《深撃《ゼルス》》も覚えさせせよ」

『偉大なる魔王の仰《おお》せのままに』

大仰に言って、エールドメードは《思念通信《リークス》》を切断した。

「さて、バーディルーアに着くまで残りの者にも《深印《ドラム》》と《深撃《ゼルス》》を叩《たた》き込《こ》む。ハイフォリアでは災人イザーク、あるいは五聖爵と戦うことになろう。相手にとって不足はあるまい」

「不足はあってくれても全然いいんだけど……」

ぼやくサーシャの隣で、ミーシャが微笑《ほほえ》む。

「アノスが言うならできる」

「でも、絶対めちゃくちゃ厳しいやつだわ」

「安心せよ、サーシャ」

笑みをたたえ、不安がっている彼女へ言った。

「懇切丁寧に優しく教えてやる」

サーシャの表情が無に近づいた。

「くはは。感動して言葉もないか」

「絶句してるんでしょうがっ！」

騒がしいサーシャの言葉をよそに、俺は早速、魔法教練を始めることにした。

とはいえ、魔王学院の生徒たちはほぼ熾死王に預けてきた。こちらで時間がかかりそうなのは、エレンたちファンユニオンぐらいだろう。

ひとまず、覚えが良さそうなミーシャやミサに教え込み、他の者たちへ広めてもらう。その間、俺は直々にファンユニオンに教練を行った。

時間は瞬《またた》く間《ま》にすぎていき――

『まもなく到着する。前方にあるのが、鍛冶世界バーディルーアだ』

バルツァロンドから《思念通信《リークス》》が届く。

魔法水晶の《遠隔透視《リムネト》》に映っているのは、巨大な銀泡である。降下していく銀水船を追いかける形で、魔王列車もゆっくりと下りていく。

銀灯の明かりを抜け、黒穹《こつきゆう》へ入る。

「線路固定――完了。脱線」

ミーシャの声とともに、銀灯のレールがそこに固定され、魔王列車の車輪が線路から外れる。

俺は魔法線を延ばし、そのレールとつないでおいた。

これで第七エレネシアにいる熾死王といつでも通信できる。

更に魔王列車が下降していけば、見えたのは星明かりの夜空にもうもうと立ち上る幾筋もの煙である。

地上には都市が形成されており、数多《あまた》の鍛冶工房がある。煙突から噴き出される煙が、バーディルーア中を覆い尽くしていた。

耳に遠く響くのは、魔鋼《まこう》を打つ大槌《おおづち》の音。そこかしこから絶え間なく、鍛冶世界に響き渡っている。

「ベラミーは戻っているか？」

バルツァロンドに問う。

第七エレネシアを発《た》ったのはこちらが先だが、その後まもなくベラミーもバーディルーアへ向かったというのをエールドメードが確認している。

全速運行はしていないため、あちらが先に着いてもおかしくはない。

『連絡が取れた。これから、よろず工房で会う。船着き場からは少々離れている場所だ。船は任せ、ここで降りた方がいい』

「レイ」

声をかければ、俺の横にレイが並ぶ。

「ミーシャ。魔王列車を停車させた後は、連絡があるまでその場で待機せよ。視界は共有している。なにかあれば駆けつける」

彼女はこくりとうなずく。

「機関室、扉を開放」

ミーシャの声とともに、機関室の扉が開く。

俺とレイはそこから《飛行《フレス》》を使い、空へ飛び出した。

煙を切り裂くようにしてしばらく下降していくと、上方から声が響く。

「……こらぁっ、ゼシア、エンネちゃんっ！　勝手についてったら、だめだぞっ……！」

振り返れば、ゼシアとエンネスオーネがこちらへ向かって飛んできており、エレオノールが必死でそれを捕まえようとしている。

「……ゼシアも……行きます……」

「よろず工房、見たいよねっ」

「もーっ。お留守番って言われたでしょっ。ほら、帰るぞっ」

空を飛びながら、エレオノールの手を、ひょいひょいと二人はかいくぐる。

ふむ。仕方のない。

「よい。ならば、ともに来い」

俺がそう言うと、ゼシアはぱっと表情を輝かせた。

「……許可……出ました……」

自慢げに胸を張るゼシアを、エレオノールはどうしてくれようかという目で見ている。

エンネスオーネが頭の翼を小さくし、彼女からカミナリが落ちそうな気配を察知していた。

煙を抜ければ、銀水船から飛び降りたバルツァロンドの姿が見えた。

「あれがよろず工房だ」

眼下を、バルツァロンドが指さす。

無数の煙突が取りつけられた、まるでハリネズミのような外観の建物だ。

「煙が出ていないところが入り口にあたる」

煙の出ていない煙突は十数本、そのどれもが仄《ほの》かな光を発している。

その内一本を選び、バルツァロンドが中へ入っていく。

煙突の中はトンネルのような通路となっていた。まっすぐそこを飛んでいけば、ぱっと視界が開けた。

辿《たど》り着《つ》いた一室は、鍛冶設備の整えられた工房である。中央付近には安楽椅子があり、そこにバーディルーアの元首ベラミーが座っていた。

「おやまあ」

俺たちを目にして、彼女はそう声を漏らした。

「一人かと思えば、バルツァロンド君はいつからそんなにミリティアと仲良くなったんだい？」

「お互い時間のない身、単刀直入に用件を申し伝えます」

バルツァロンドはベラミーの前へ歩み出る。

その隣にレイが並び、手にした聖剣を彼女に見せた。

「霊神人剣エヴァンスマナを鍛え直してもらいたい」

ベラミーはため息をつく。

「……イーヴェゼイノとやり合うなら、確かに必要だろうねぇ……」

独りごちて、彼女はバルツァロンドの方を向く。

そして、言った。

「だけど、そりゃ引き受けられないね」

§17.【剣を鍛え直す条件】

バルツァロンドは言葉を詰まらせる。

ベラミーの回答を予想だにしていなかったか、訝《いぶか》しむようなその顔からは、驚きがありありと伝わってくる。

「……引き受けられないというのは、どういうことか？　あなたもたった今、イーヴェゼイノと戦うならば霊神人剣が必要だと口にしたはず」

バルツァロンドがそう訴えると、ベラミーはため息をつく。

「バルツァロンド君。エヴァンスマナを鍛え直すというのは、あんたの独断だろう？」

そう指摘されるも、やましいことはなにもないと言わんばかりにバルツァロンドは力強くうなずいた。

「勇み足ではあるが、ハイフォリアの狩猟貴族ならば誰もがそう判断する。問題などありはしない」

「残念だが、おたくの聖王はそう思っていないようだよ」

バルツァロンドの顔がますます怪訝《けげん》に変わった。

「あたしゃ、あんたたちと同じ考えさ。戦力は多けりゃ多い方がいい。エヴァンスマナを錆《さ》びたままにしとくなんてもっての外だ。そうレブラハルド君にも掛け合ったんだがねぇ……」

「必要ないと？」

「手を出すなと言われちゃ、勝手に鍛え直すわけにもいかないさ」

ベラミーが肩をすくめる。

「なぜ、聖王陛下はそのような？」

「こっちが訊《き》きたいぐらいだよ。弟のあんたがわからないんじゃ、あたしらにゃ理解できるとも思えないね」

腑《ふ》に落ちぬな。

ハイフォリアの象徴とまで言われた聖剣を、宿敵相手に使わぬとは、本気で戦うつもりがないかのようだ。

「ま、レブラハルド君にも考えはあるんだろうさ。意味もなくそんなことを言う男じゃないからねぇ」

同感だが、どんな意味があるのか、というのは気になるところだな。

「そういうわけだ。帰っとくれよ。イーヴェゼイノが動くまで三日しかない。忙しいったらないからねぇ」

追い払うようにベラミーが手を振った。

しかし、バルツァロンドはそこを動かず、意を決したような表情で言い放った。

「……そこを、なんとか……！」

理屈のかけらもない言葉に、一瞬ベラミーがきょとんとした。

「そこをなんとか、頼めないだろうかっ？」

「なんとかと言われてもねぇ、どうすりゃいいのさ？」

「なんとか頼みたい！　それでは困るのだ！」

はあ、とベラミーはため息をつく。

「あたしゃ、あんたもレブラハルド君も赤ん坊のときから知ってる。二人とも孫みたいなもんだよ。余程のことがなけりゃ、融通も利《き》かせるさ」

魔法陣を描き、ベラミーは《思念通信《リークス》》を使う。

イーヴェゼイノとの一戦に備え、鉄火人たちに指示でも出しているのだろう。

「だが、聖王陛下直々に仰《おお》せになったことを、元首のあたしが違えるわけにゃいかないさ。そんなことをしたら、バーディルーアとハイフォリアの関係に亀裂が入る。あんただってわかってるだろう？」

「……それは………」

反論できず、バルツァロンドは申し訳なさそうな表情を浮かべた。

「ミリティアと一緒に来たことはレブラハルド君には内緒にしとくよ。早く帰って、狩りの準備をするんだね。あんたの腕には期待してる」

それ以上はさすがに食い下がることができなかったか、バルツァロンドが一歩足を引く。

「では」

ベラミーが、俺に視線を向ける。

「ベラミー。お前が手を出さなければどうだ？」

一瞬、なにを言われたかわからないといった顔で、ベラミーは首を捻《ひね》った。

「他の者が勝手にエヴァンスマナを鍛え直したなら、ハイフォリアへの言い訳も立つ」

「……そりゃまあ、あたしが直接やるよりはねぇ」

「バーディルーアとしては、完全な状態のエヴァンスマナがあった方が心強い。鍛え直してくれたならば、我が魔王学院の戦力も増強する。その分、鉄火人を幻獣どもから守ることも可能になるが？」

ベラミーは背もたれから身を起こし、頬杖《ほおづえ》をつく。

「……まあ、悪くはない話だね。レブラハルド君には小言を言われるかもしれないが、あたしがやったんじゃなければ落としどころも見つかるだろう。多少ふっかけられても、うちの可愛《かわい》い弟子たちが幻獣に食われるよりは遙《はる》かにマシさ」

俺を見上げ、嗄《しわが》れた声で彼女は言った。

「そんなことができる鍛冶師が、他にいればねぇ」

「優秀な跡取りがいるのではなかったか？」

ベラミーは目を丸くする。

レブラハルドと彼女が、以前話していたことだ。

「……シルクのことなら、買《か》い被《かぶ》りだよ。確かに、技量に関しちゃ悪くないがねぇ。ありゃやる気がないのさ。あんまり言うことを聞かないんでこないだ破門にしちまってね。頭を冷やして戻ってくるかと思えば、意地を張って家出ときたもんだ」

これまでで一番大きいため息がベラミーの口からこぼれ落ちる。

「……聞きわけがないったらありゃしない……なんであの才能を錆《さ》びつかせるのか、馬鹿な子だよ、ほんとに……」

疲れ果てたようなその表情には、確かに弟子への愛情が滲《にじ》んでいる。

「ならば、ちょうどよい。破門にした者が勝手にエヴァンスマナを鍛え直したなら、レブラハルドとてそう強くは出られまい」

無理だと言わんばかりに、ベラミーは首を左右に振った。

「聞いてたんだろう。自分の打った剣を使いこなせる奴《やつ》がいないってんで、シルクは天狗《てんぐ》になっちまってんのさ。頼み込んだところで、やる気にゃならないよ」

「一度鼻っ柱をへし折ってやれば、やる気も出よう」

呆《あき》れたようにベラミーは言葉を失い、背もたれに体重をかける。

「……レブラハルド君もそうだが、あんたも頑固な男だねぇ」

「姓はなんという？」

「ミューラーだよ。シルク・ミューラー。まあ、やってみるっていうなら構わないさ。けど、今頃どこにいるかあたしも知らないよ。この街からは出ていないとは思うけどねぇ」

ベラミーが収納魔法陣を描き、そこから一枚の魔法写真を取り出す。

ぴっと指で弾《はじ》かれたそれを俺は受け取った。

背の低い女の子が、ベラミーと一緒に写っている。

揃《そろ》いのバンダナとゴーグルをつけ、両手には分厚いグローブ、前掛けをつけている。耳が長く、鋼色の髪だった。

彼女がシルクだろう。ベラミーの隣で満面の笑みを浮かべている。

「家族も、親類もいない。天涯孤独の身さ。捜し出すのは楽じゃないよ」

「いつの写真だ？」

「確か、もう二〇年以上前になるかねぇ。まあ、大して外見は変わっちゃいないよ」

「そうか」

レイ、バルツァロンドに目配せをして、俺は踵《きびす》を返《かえ》す。

「待ちな」

振り向けば、ベラミーは輝く大槌《おおづち》を手にしていた。

彼女はそれをこちらに放り投げる。

俺は片手で受け取った。

「白輝槌《はっきつい》ウィゼルハン。霊神人剣を打った聖槌《せいつい》さ。馬鹿弟子がやる気になったんなら、渡しとくれよ」

手の中の白輝槌《はっきつい》は、目映《まばゆ》く光り輝いている。

深淵《しんえん》を覗《のぞ》かずとも、そこに秘められている魔力が尋常ではないことがわかった。

恐らく、鍛冶世界にも二つとあるまい。

「いいのか？」

「勝手に持ち出したことにしとくれよ」

軽く手を振って、ベラミーは踵《きびす》を返《かえ》す。

そのまま奥の部屋へ行こうとして、しかし、小さな手にズボンを引っ張られ、足を止めた。

ゼシアだった。

「……ばぁば……ゼシアも、頼み……あります……！」

「こ、こらっ、ゼシア。このお婆《ばあ》ちゃんは、鍛冶世界の元首さんだから、えらーい人なんだぞ。ばぁばとか言っちゃだめだぞっ」

慌ててエレオノールが駆け寄った。

「いいさ、細かいことは。頼みってなんだい、お嬢ちゃん？」

子供相手だからか、僅かに目元を緩め、ベラミーは訊《き》いた。すると、ゼシアが魔法陣から光の聖剣エンハーレを抜く。

「ゼシアの……聖剣……弱いです……強く、なりますか……？」

更にゼシアは魔法陣の中から子災亀の甲羅を取り出し、懐《ふところ》から赤いわら人形を取り出した。

「……材料……あります……」

「材料って、ゼシア、これパリントンだぞっ！」

エレオノールが驚きのあまり声を上げる。彼女はゼシアを窘《たしな》めつつ、申し訳なさそうにベラミーに頭を下げた。

すると、彼女はニヤリと笑った。

「あんたらがうちの弟子たちを守ってくれるなら、なにか造ってやってもいいけどねぇ」

「……守り……ます……！」

「おやおや、元首の許可をとらなくてもいいのかい？」

「魔王学院は……生徒の自主性……第一です……」

エレオノールがどうしようといった顔でこちらを見た。

「この場はお前に任せる」

俺は魔法陣に白輝槌《はっきつい》ウィゼルハンを収納すると、レイ、バルツァロンドとともに《飛行《フレス》》にて飛び上がる。

煙突の中を進みながら、魔法線を通じミーシャたちの魔眼へ視界を移す。

場所は、街の外れにある丘のようだ。停車した魔王列車の前に、ミーシャたちが立っており、煙が立ち上るバーディルーアの街並みを見物していた。

俺は《思念通信《リークス》》にて魔法写真の映像を送る。

『聞いての通りだ。シルク・ミューラーという鍛冶師を捜せ』

「わかった」

ミーシャが返事をすると、停泊していた銀水船が飛び上がった。バルツァロンドの指示で、彼の部下たちもシルクを捜しに行くのだろう。

「えーと、そのシルクって子に、エヴァンスマナを鍛え直してもらうように頼めばいいのよね？」

サーシャが確認すると、ミサが言った。

「ですね。あの街にいる可能性が高いってお話ですし、手分けして捜しましょう」

ミサは真体を現し、空を飛ぶ。

ミーシャが北、サーシャが南、ファンユニオンとアルカナが西、ミサが東へ向かい、飛び立った。

彼女らと魔眼を共有し、シルク・ミューラーを捜していく。

とはいえ、街はかなりの広さだ。家にこもっているなら、見つけるのも難しい。ベラミーの跡取りと言われるほどなら、知名度もあるはずだ。聞き込みをした方が捗《はかど》るだろう。情報屋などがいればよいのだが、バルツァロンドに確認してみるか。

『我が君』

シンからの《思念通信《リークス》》だ。

魔王列車を空にするわけにはいかず、彼はそこに残っている。

魔眼《めを》向ければ、機関室から貨物室へ向かっているところだった。

「賊が侵入しました。斬りますか？」

『何者かは聞き出しておけ。物盗《と》りの類なら、脅すぐらいで構わぬ』

シンはドアの前で足を止める。

「御意」

貨物室のドアを静かに開け放てば、なにかを咀嚼《そしやく》する音が聞こえた。

暗がりで、一人の鉄火人が食料のハムにかじりついている。どうやらシンには気がついていないようだ。

問答無用でシンはそのハムを串刺しにした。

「わぁぁぁっ……！！？」

「我が君の列車に忍び込む盗人《ぬすつと》、本来ならば万死に値するところですが」

鉄火人の喉元に、シンは鉄の剣を突きつける。

賊は大きな帽子を被《かぶ》った少年だった。

「名乗りなさい」

「……あ……え、えっと……」

少年は怯《おび》えたように身を竦《すく》めている。

「……な、名乗るからこの剣、どけてもらえる……？」

シンが剣を引こうとしたその瞬間、彼は素早く指先にて剣の平を叩《たた》く。

バキンッと脆《もろ》くも鉄の剣は砕け散った。

「そんなナマクラじゃだめだよ。ごめんねっ」

床を蹴り、壁を蹴り、天井を蹴り、少年は室内を縦横無尽に跳びはねては、その手に食料を抱え込んでいく。

そうして、一目散にドアから外へ飛び出した。

「じゃあねー、お兄サン。食料ありがとー。バイバ――」

魔王列車を振り返り、手を振ろうとした賊はピタリと足を止めた。

すでにそこにシンはおらず、少年の首に流崩剣アルトコルアスタを突きつけていたのだ。たらり、と冷や汗が彼の頬を伝う。

「名前と目的を明かせば、命だけは助けて差し上げましょう」

「……わ、わかったから……」

今度こそ観念したように力を抜き、少年は言った。

「ジル・フォーン。目的は、その……お腹《なか》が空いて……」

§18. 【手がかり】

少年の名を聞き、シンはそのあどけない顔を睨《にら》む。

そうして、剣先で彼の帽子を落とした。

「わっ！　ちょっと、なにすんのっ⁉」

長い耳と茶色の髪があらわになった。

「失礼。盗人《ぬすっと》の顔を覚えておく必要がありましたので」

そう口にしてシンは魔剣で帽子をひょいっと宙に飛ばし、剣で埃《ほこり》を斬り払った。

落ちてきた帽子が、彼の頭に載る。

ジルはそれを両手でひっぱり、目深《まぶか》に被《かぶ》った。

「……ぼくの剣があれば、そんなナマクラ叩《たた》き斬れるのに……」

「使い手がいなければ、どんな名剣もナマクラ以下です。肌身から離すような者に、後れを取るとは思えませんね」

シンがそう一蹴する。彼は悔しそうに目を伏せた。

「…………ぼくは剣士じゃない……」

「でしょうね。それなら、盗みを働くこともなかったはずです」

ばつが悪そうな表情で、ジルは身を小さくした。

「あなたの親は？」

「そんなの、もういない」

「身よりはないのですか？」

答えあぐねるように閉口し、ジルは顔を背けた。

「……そんなの、聞いてどうすんの？」

「身元を引き受けていただきます。盗人《ぬすっと》を野放しにしては、この街の住人にも迷惑がかかるでしょう」

　厳しくシンは言う。

　主の所有物を盗もうとした輩《やから》にきつくお灸《きゅう》を据えるつもりなのだろう。

「……身よりなんて、ない……孤児だから……」

　小さくジルは呟《つぶや》いた。

　だが、少々不審だ。本音を口にしているようには見えぬ。

「では、選択肢を二つ差し上げましょう。今すぐ家の名を口にするか、もしくは罪状を掲げながら、街中を歩くか」

「ヤダっ！　それだけはやめてっ！　家にはもう迷惑をかけたく――」

　鋭い視線が少年の顔に突き刺さる。ジルはしまったといった表情を浮かべた。

「あ、その……」

「盗みを働くべきではありませんでしたね」

「ほ、他のことならなんでもするから……」

　シンの冷たい視線に怯《おび》えながらも、ジルは言葉を絞り出す。

「なにができるのですか？」

「…………」

　少年は押し黙り、考え込む。

「……ま、魔剣なら持ってる……その剣より、キミの役に立つと思う……あ、盗んだものじゃないからっ」

「今は必要ありません」

ぴしゃりと断言され、再びジルは黙った。

彼は俯《うつむ》いたまま考え込んでいるが、なにも良《い》い案が思いつかないようだ。

「あなたに構っている時間もありません。なにもないようでしたら――」

「……お兄サン……シルク・ミューラーを捜してる……んだよね？」

シンは一瞬、不可解そうにジルを見た。

「なぜそれを？」

「だって、話してたでしょ。鉄火人は耳がいいから」

ミーシャたちの会話を聞いていたわけか。

バーディルーアの鉄火人は、国中に響き渡る大槌《おおづち》の音だけを頼りに、現在位置を把握するという。それができても不思議はない。

「知っているのですか？」

即座に、シンは問いただす。

「居場所は……今はわからないけど……でも、手がかりなら……」

「手がかりというのは？」

「それを教えたら、食料を盗んだことは見逃してもらえるっ？」

「確かな情報だとわかれば」

シンは魔剣を魔法陣に収め、代わりに布袋《ぬのぶくろ》を取り出した。それから、ミーシャに《思念通信《リークス》》を飛ばす。

「シルク・ミューラーの手がかりがつかめるかもしれません。魔王列車を空けることになりますが？」

『大丈夫。施錠《せじょう》して、すぐに戻る』

ガタンッ、と魔王列車のドアが自動的に閉まり、施錠《せじょう》された。

ミーシャが遠隔で魔法操作を行ったのだ。

シンは落ちた食料を拾い上げ、布袋に入れる。

「差し上げます」

突き出された食料を見て、怪訝《けげん》そうにジルは訊《き》いた。

「……なんで？」

「家に帰れぬ事情があるのでしょう？　我が君は飢えた者を捨ておくような真似《まね》をなさらないでしょう」

「…………だったら、盗ませてくれてもいいのに…………」

小さくぼやき、ジルは唇を尖《とが》らせる。

「それはまた別のお話。我が君の所有物に手を出す輩《やから》がどうなるか、知らしめないわけにはいきませんので」

剣呑《けんのん》な殺気を放つシンに、ジルは「……面倒臭い奴《やつ》……」と呟《つぶや》いた。

「なにか？」

「う、うぅんっ、なんでも！」

慌てたように少年は大きく首を振った。

「じゃ、じゃあ、ついてきてくれる？」

「下手な真似《まね》はなさらないことです。もし、謀《たばか》るつもりならば」

シンの眼光が鋭さを増す。

「わ、わかってるからっ！」

そう口にして、ジルが歩き出す。

シンはそのすぐ後ろに続いた。

「《転移《ガトム》》は？」

「今日は煙が多いから無理」

バーディルーアに充満する煙は、魔力場を激しく乱している。目的地へ《転移《ガトム》》を使うには時間がかかるため、歩いた方が早いのだろう。

「走っても平気？」

「どうぞ」

タッタッタと弾むような足取りでジルが走り始める。

シンは離れず追走した。

やがて二人は森の中に入った。鬱蒼《うっそう》とした木々をくぐり抜けていき、なおも進む。

前を行く少年が、布袋を見せながら振り返った。

「コレ、食べてもいい？　お腹《なか》空いて」

「ご自由に」

ジルは袋からハムを取り出すと、それにかじりつく。余程空腹だったのか、あっという間に平らげ、続いてパンにかじりついた。

「ところでお兄サン、バーディルーアの人じゃないよね？」

「ええ」

「どこから来たの？」

「転生世界ミリティアより」

「……ミリティア？　ふーん……」

ジルは聞いたことがないといった表情を浮かべている。

まだ聖上六学院に入ったばかりだ。パブロヘタラに縁がなければ、知らないのも無理はない。

「どうしてシルクを捜してるの？　やっぱり、よろず工房に頼まれたとか？」

「なぜよろず工房だと？」

「鍛冶師の間じゃ有名な話だけど、魔女の親方がシルクを破門したでしょ。お灸《きゅう》を据えるだけのはずだったんだけど、彼女は家出しちゃったんだって。魔女の親方から頭を下げるのはよろず工房の面子《めんつ》もあるし、他の弟子たちに示しがつかない。だから、他の世界の人に捜索を頼んだのかなって」

「魔女ベラミーは、シルクに戻ってきてもらいたいと思っているのですか？」

シンが問う。

「戻ってきてもらいたいっていうか、そんな殊勝な人じゃないと思うけど」

「では、放っておくのでは？」

「なにを馬鹿なことしてんだって怒ってるんだと思う。破門にされた弟子が、素直にそのまま出てくなんて面目丸つぶれでしょ」

一瞬、シンは考える。

「そうですか」

「……えーと、違うの？」

「ええ。シルク・ミューラーには仕事を依頼したいだけです」

ジルはきょとんとした。

「仕事って？」

「鍛え直してもらいたい剣があります」

「…………そう」

「なにか？」

「う、うぅんっ。なんでもなくてっ」

しばらくして、前方に洞窟が見えてきた。

ゴツゴツとした岩肌の上部から、にゅっと煙突が突き出ている。

魔法で構築したものだろう。洞窟と一体化しているようだ。

「ここだよ」

ジルの後ろに続き、シンは洞窟に入った。

少年が魔力を送れば、内壁にかけられていたランプが明かりを灯《とも》す。

今歩いている道の他に、いくつかの坑道が見える。また壁面を削ったような跡が残っている箇所が複数あった。

「鉱山ですか?」

「一応、そう。ぼくしか使ってないけど」

奥へ進めば、生活感のある場所に出た。机や椅子、食器が置かれている。更にその向こう側には、大槌《おおづち》や金床など鍛冶道具が並べられており、大きな魔法炉があった。

作業場から少し離れた位置に、剣や槍《やり》、斧《おの》、弓など、いくつもの武器が丁重に飾られている。

シンが歩み出て、引き寄せられるかのように一本の魔剣に手を伸ばす。

「ダメッ!!!」

血相を変えて、ジルはシンに駆け寄り、その腕をつかんだ。

「……失礼しました」

「あ、うぅん」

ほっと少年は胸を撫《な》で下《お》ろす。

「ここにある武器には触れないで」

「理由をお聞きしてもよろしいですか?」

きゅっとジルは唇を噛《か》む。

今にも消えそうなか細い声で、彼は言った。

「………失敗作だから………。鞘《さや》から抜いただけで、死んだ人もいる……」

シンは目の前の魔剣を睨《にら》み、その深淵《しんえん》を覗《のぞ》く。

「あなたが造ったのですか?」

「……そう。ぼくは、下手くそなんだ……」

言いながら、ジルは一本の魔剣の前に立った。

翼を模した意匠が施されたものだ。

鞘《さや》はなく、抜き身である。彼はそれを手にとった。

「目的は、これ。翼迅剣《よくじんけん》フィリシア。シルク・ミューラーが鍛えた剣なんだ。鞘《さや》は彼女が持ってるはずで。バーディルーアじゃ、剣と鞘《さや》は引き合うから、これがあればシルクを捜せると思う」

ジルは翼迅剣フィリシアを差し出す。

それを一瞥《いちべつ》すると、シンは少年の顔を見た。

彼は言った。

「シルクの造った魔剣とは思えませんね」

「…………え……でも、本当に――」

「話によれば、シルク・ミューラーは相当な腕前。鍛冶で彼女に勝るのは、よろず工房の魔女ベラミーぐらいでしょう。ですが、その翼迅剣フィリシアは、ここに置いてあるどの魔剣よりも劣ります」

シンは鋭い視線でジルを射貫《いぬ》く。

「下手くそだというあなたが造った魔剣に」

その言葉に、少年は息を呑《の》んだ。

「いったい、どういうことでしょうか？」

§19．【鍛冶師の誇り】

ばつが悪そうにジルは視線を背けた。

「……嘘《うそ》じゃない……その魔剣は確かに、シルク・ミューラーが造ったものだ……」

「では、あなたの腕が上だと言うのですか？」

ジルは返事に窮する。

「……お兄サンは、シルクがどんな剣を造るか知らないよね？」

シンはうなずく。

「ただ腕の良《よ》い鍛冶師とだけ」

「ぼくとは全然違うよ」

言葉を探すようにしながら、彼は言う。

「ぼくの剣は、見てくれだけだ……切れ味が鋭く、強靭《きょうじん》で、莫大《ばくだい》な魔力が秘められている。そういう風に見えるよ。だけど、この剣じゃ、なにも斬れない」

ジルは洞窟の工房に置かれている幾本もの魔剣を見つめた。

「……これはぜんぶ剣じゃない……ただの飾り物だよ……」

自嘲するようにジルが言った。

「そうは思えませんが？」

「……どこから話せば信じてもらえるかなぁ……」

困ったように彼は天を仰ぐ。

「ぼくもね、よろず工房の職人で、魔女ベラミーの弟子だった……って言っても、バーディルーアじゃ、鍛冶師の大半がそうなんだけど……」

「今は？」

寂しげな表情で、ジルは目を伏せる。

「やめた。ぼくには才能がなかった」

彼はくるりと振り向いた。

「ぼくたち鉄火人は耳がいい。熟練した鍛冶師は、自分が鍛えた剣の声が聞こえるようになるっていうぐらい。だけど、ぼくは何百年も剣を打って、それを一度も聞いたことがない」

「それで才能がないと？」

ジルはうなずく。

「……ぼくは、剣を造ろうと思ったことがなかった。ただ魔鋼《まこう》や炎の声に耳を傾けただけ。彼らが訴えるんだ。こういう風に造ってほしい、こういう風に生まれたいって。ぼくはただその通りに、槌《つち》を振るう」

彼は歩いていき、置かれていた金属の塊、魔鋼に手を触れる。

「だけど、完成して剣になれば、聞こえていた声は消えてしまう」

悲しげな声がぽとりとこぼれ落ちる。

「ずっと、ぼくはなにかを間違えていると思っていて、ぼくがもっと上手になれば、ちゃんとした剣を打てるようになるって思って……」

言葉に詰まり、ジルは唇を噛《か》んだ。

「……でも結局、一度も造れなかった……」

「鉄火人は、素材の声も聞こえるのですか？」

「……それは、ぼくだけみたい……魔女の親方も、魔鋼の声なんて聞こえてないって……」

自嘲気味に彼は笑う。

「だから、言われたよ。自分の意思で、剣を打ったことがあるのかいって。確かにぼくは、魔鋼の声に従っているだけだった」

感情を押し殺した声が、工房に響く。

「造ることができたのは、使い手を蝕《むしば》む剣だけ。燃やされ、焼かれ、凍らされ、腐らされ……剣によって色々だけど、手にしただけでただじゃすまない。聖剣でも魔剣でもそれは同じ。剣を振るえば、使い手は滅ぶ……」

目を伏せながら、ジルは語る。

「扱えるように造るべきだって言われたよ。ぼくは使い手に合わせるべきだって。剣はあくまで道具で、誰にも扱えない道具はただの飾り物なんだって。ましてや、振るえば滅びるかもしれない剣なんて、抜こうとする人すらいない」

彼は唇を引き結ぶ。

重苦しい緊張が、しばらく続いた。

「でも、できやしなかった……」

「なぜ？」

「……声を、無視できなくて」

長い耳をぴくりと動かし、ジルはそれを傾ける。

「魔鋼の声、炎の声、空気の声、色んな声がいつも耳に響いてる。それが、ぼくには生まれたがっている生命の声に聞こえて……その子たちをちゃんと生んであげなきゃいけないって思った……」

ジルは拳を握る。

強く、爪が皮膚に食い込むほどに。

「剣はぼくの意思で造るものじゃない。ただぼくの腕を通して、本来あるべき生命を形にしてるだけなんだ……だから……」

「よろず工房をやめたのですか？」

小さくうなずき、ジルが肯定を示す。

「……魔女の親方の言うことはわかる……きっと、剣としてはそれが正しくて……ぼくも、試してみたんだ……」

ジルは言葉に詰まる。

今にも泣き出しそうな声で、彼はその想《おも》いを吐き出した。

「……でも、どうしても上手《うま》くいかなかった……本来あるべき生命を、ねじ曲げるなんて我慢できなかった……」

表情を歪《ゆが》め、ジルは歯を食いしばる。

理想と現実に折り合いがつけられず、もがき苦しんでいるのだろう。

「私には、あなたが間違っているとは思えませんね」

シンは率直に述べた。

「あなたはあなたのやり方で、その道を極めればいいのでは?」

目を丸くし、ジルは驚きを見せる。

そして、ほんの少し笑った。

「ありがとう。でも、気を遣ってくれなくていいんだ。本来あるべき生命を……なんて言いながら、ぼくは結局、完成した彼らの声を聞いたことは一度もない」

飾られた魔剣の前に歩み出て、ジルはその柄に触れる。

炎が溢《あふ》れ出《だ》し、その指先を焼いた。

だが、意にも介さず、彼は手を柄から離さない。

「……結果は出てる。ぼくのやり方は間違っている。それがわかっているのに、他のやり方が正しいとはどうしても思えない……それは、エゴだよ……」

刃に触れ、剣身を抱き締めるようにジルは魔剣に身を寄せた。

「エゴだから、ぼくの剣は誰にも必要とされないのかもしれない。そんなのは、剣が可哀想《かわいそう》だ」

鉄火人というのは、ここまで剣に深い愛情を注ぐものなのだな。

それとも、ジルが特別なのか。

まるで、我が子に懺悔《ざんげ》するかのように、彼はその瞳から涙をこぼした。

「……ぼくと違って、シルク・ミューラーの魔剣はちゃんと造れてる……」

炎の魔剣から手を離して、ジルはシルク・ミューラーの造った翼迅剣フィリシアをつかんだ。

それを振るって見せたが、ジルの魔剣のように使い手に牙を剝《む》くことはない。

「ちゃんと人が扱える剣だ……」

「そうでしょうか」

「え……？」

「私にはその剣の悲嘆が見える気がします」

戸惑ったような表情を浮かべるジルをよそに、シンはゆるりと歩いていき、先程彼が手にしていた魔剣の前に立った。

「──屍焰剣《しえんけん》ガラギュードス」

深淵《しんえん》を覗《のぞ》き、シンはその銘を見抜く。

「この剣が、なにを求めているかわかりますか？」

しばらく考え、ジルは首を左右に振った。

「……わからない。ぼくには剣の声が聞こえないから……」

彼はシンをじっと見つめる。

「お兄サンには聞こえるの？」

「いいえ。しかし、一つだけわかります」

シンは手を伸ばし、屍焰剣《しえんけん》ガラギュードスをつかんだ。途端に炎が溢《あふ》れ出《だ》し、彼の指先を焼き始める。

「剣は主を求めるものです。自らを振るうに相応《ふさわ》しい、その使い手を、彼らは幾星霜《いくせいそう》でも待ち続けることでしょう」

シンは屍焰剣《しえんけん》の鞘《さや》に手をかける。

瞬間、炎が全身に燃え移った。ジルが血相を変える。

「ダメッ！　すぐに放してっ！　その鞘《さや》は魔剣の力を抑えるものなのっ！　お兄サンの魔力じゃ、根源ごと焼き尽くされるっ！」

「ジル」

炎に身を焦がされながらも、まるで動じることなく、シンは鞘《さや》と柄を握る。

少年はそれを見て、息を呑《の》んだ。

剣に精通した者ならば、誰しも目を奪われただろう。剣と人が一体となったかのような、美しき構えだ。

「あなたほど剣に深い愛を注ぐ鍛冶師を、私は初めて目にしました。その愛と情熱と、研鑽《けんさん》を続けてきた日々に敬意を表し、教えて差し上げましょう」

「わかったからっ！　いいから放してっ！　剣を抜く前ならまだっ！」

ジルの言葉に耳を貸さず、シンは静かに目を閉じる。

その魔剣――屍焰剣《しえんけん》ガラギューードスに全神経を研ぎ澄ました。

言葉では止められないと悟ったか、ジルは弾《はじ》き出《だ》されたかのように前へ出て、翼迅剣フィリシアを振りかぶる。

魔力が渦巻き、彼の体が一瞬ふわりと浮いた。

「――ごめんっ！」

目にも留まらぬ速度で、翼迅剣フィリシアが迫る。狙いはシンの右手だ。屍焔剣《しえんけん》を弾《はじ》き飛《と》ばすつもりだろう。

その刃が、シンの手の甲に傷をつけたその瞬間だ。

紅《あか》い剣閃《けんせん》が空間を斬り裂く。

目を見開き、言葉も発せず、ジルはただただその光景を眺めていた。

根元から綺麗《きれい》に切断されたのは、少年が振るった翼迅剣フィリシア。眼前には、抜き身の刃をあらわにした屍焔剣《しえんけん》ガラギューードスがあった。

鞘《さや》から抜き放てば、使い手の根源を燃やし尽くす魔剣。溢《あふ》れ出《だ》し、己が身を焼く必滅の炎をシンは見切り、僅かに急所を外した。滅びかけた彼の根源が滅びを超越し、そして同時に屍焔《しえん》剣《けん》を振るったのだ。

己を御した魔族を主と認めるように、ガラギューードスの炎はふっと消えた。

「……う……そ……」

信じられないといった様子で、ジルはシンの手の中にある屍焔剣《しえんけん》を見つめている。

その表情には驚き以外の感情が溢《あふ》れ出《で》ていた。

「おわかりでしょうか？」

ザンッとシンはガラギューードスを床に突き刺す。

「あなたが鍛えた魔剣は、シルク・ミューラーの魔剣に勝る。あなたの歩んできた道は、なに一つ間違えてはいません。ただ相応《ふさわ》しい使い手がいなかった、それだけのことでしょう」

なおも呆然《ぼうぜん》と、ジルはシンを見つめた。

誰にも扱えないはずだった己の剣を、いとも容易《たやす》く操る剣士を。

「ジル」

シンは言う。

「あなたにお願いがあります。一本の剣を鍛え直していただけませんか？」

「……シルク・ミューラーに頼むんじゃ……？」

息を呑《の》んで、ジルは尋ねた。

「あなたが相応《ふさわ》しいでしょう。翼迅剣フィリシアには魂がこもっていません」

シンがそう言うと、彼は一粒の涙をこぼす。

地獄の底でもがき続けていた者がようやく救済されたような、そんな顔だった。

§20.【相剣《あいけん》】

服の袖で、ジルは涙を拭う。

「……ありがと……それから――」

彼の帽子に魔法陣が描かれる。

帽子が浮き上がり、そこからジルの体へ光が降り注いだ。

魔法具なのだろう。

その髪色が茶色から鋼色に変わった。

少年の体が丸みを帯びて、少女のものへと変わっていく。

見覚えのある姿へと――

「嘘《うそ》ついて、ゴメン。ぼく……アタシは、ジルじゃない。本当の名前はシルク……」

彼女はまっすぐシンを見つめた。

「シルク・ミューラー」

その少女は、確かに写真に写っていたシルク・ミューラーそのものだった。

「なぜ少年の姿に？」

「……婆《ばあ》サ……魔女の親方が、アタシを連れ戻そうとして人を寄越すんだ……破門にした手前、よろず工房の職人には頼めないから、部外者を雇って。だから、見つからないようにしてた……」

シンがそうだったように、姿を変えてしまえば部外者に見抜くのは難しい。

深淵《しんえん》を覗《のぞ》こうとも、根源を見たことがなければ意味がない。

「私のことも、ベラミーに雇われた者だと思ったのですか？」

シルクはこくりとうなずいた。

「……フィリシアの鞘《さや》は、遠くの森に置いてあるから……そこを捜している内に、別の場所へ逃げようと思ってた……」

「では、先程の話は？」

「……あれは、嘘《うそ》じゃなくて……ぜんぶアタシの話……」

口が上手《うま》いわけではないのだろう。

咄嗟《とっさ》に嘘《うそ》も思いつかず、殆《ほとん》どは事実を話した。

シンはシルクのことをあまり知らぬため、やり過ごせると思っていたか。

無論、後々シルクのことを知れば気がつかれるが、その前に行方を暗ますつもりだったに違いない。

騙《だま》そうとしたことに負い目を持っているのか、彼女は俯《うつむ》き加減でシンを見つめ、恐る恐るといった風に切り出した。

「その、もう少しだけ……聞いてもらっても……いい……？」

震えた言葉とは裏腹に、彼女は訴えるような強い瞳をしている。

「ええ」

「……ありがと……」

シルクは歩を進め、ゆっくりとしゃがむ。視線の先には、折れた翼迅剣の剣先があった。

「……最初は……」

折れた剣身を、悲しげに見つめ、シルクはぽつりと呟《つぶや》いた。

「……最初は、アタシの剣を使いこなせない奴《やつ》らが悪いんだって、思ってた……アタシは最高の剣を造ってる……魔女の親方にも負けてないって……」

自嘲するような表情で、彼女は指先を剣に触れた。

「だけど、どれだけ良《い》い剣を造っても、どれだけ褒めてもらっても、みんなが認めてないのはわかった。使い手のいない剣が、どんなに名剣だって言われても……実際には紙一枚、斬れやしないから……」

淡々とした言葉に、悔しさが滲《にじ》む。

「……だから、アタシの剣を使える剣士を探した。呼びかけたら、色んな世界から人がきた。名高い剣豪も、お兄サンより魔力の強い人もいたよ。どこかの元首だって」

暗い表情で淡々と彼女は言う。

「でも、誰一人、アタシの剣をまともに振れた人はいなかった……」

魔剣や聖剣を掌握するだけの強大な魔力があれば、ねじ伏せることはできよう。

だが、それでは使い捨てることはできても、使い続けることはできぬ。

剣の真価を発揮するとなれば、尚《なお》のこと難しいだろう。

「……すぐに魔女の親方に止められたよ。許可を出すまで、アタシの剣は誰にも持たせちゃいけないって……」

下手をすれば、使い手は滅ぶ。悪評を広めぬための措置だろう。

「アタシは、もう剣士なんか知らないって思った……アタシの剣の価値はアタシがわかってる……ただ良《い》い剣を造れればいいって……だけど……」

顔を上げ、シルクは工房に飾られた剣を見た。

「……喋《しゃべ》らない剣たちが、アタシに無言の抗議をしている気がした……どうして使ってくれないんだって……」

シルクはそこに項垂《うなだ》れる。

剣たちに頭を下げているかのようにも見えた。

「……アタシのエゴなんじゃないかと思えてきた……誰にも使われないこの剣たちがいったい

なんのために生まれてきたのかって考えたら……可哀想《かわいそう》で……アタシは、剣が打てなくなった……」

それでベラミーにはやる気がないと思われたわけか。

「……親方には叱られたよ……この銀水聖海に使い手が一人しかいない、いつ現れるかもしれない剣士のために、一振りの剣を打つのがバーディルーアの鉄火人だって……」

「納得できなかったのですか？」

「だって」

唇を尖《とが》らせ、シルクは不満をあらわにする。

「……剣は道具だ。情をかけたらいずれ痛い目を見るって、くどくどくどくど言ってくるの……あの婆《ばあ》サン……！　そんな言い方ってあるっ？」

「一理ありますね」

シンの言葉に、シルクは目を丸くする。

「剣を大切に扱うのは、鍛冶師なら普通のことでしょ」

「あなたには、剣を庇《かば》って死にそうな危うさがあります」

率直に言われ、彼女は一瞬答えあぐねる。

「…………しない、と思う……そこまでは…………」

たぶん……と、か細い声で、シルクはつけ足した。

「親方に説教をされて、よろず工房を出たのですか？」

「それは、なんていうか、売り言葉に買い言葉で」

シンは視線で疑問を示す。

「そんなに剣が可哀想《かわいそう》なら、たまにはまともに扱えるものを造ってみればいいじゃないかって言われたから、じゃ、造ってやるって啖呵《たんか》きって——」

折れた翼迅剣に、シルクは再び視線を向けた。

「この剣を造った。誰にも扱えない剣じゃなくて、ちゃんと使ってもらえる剣。魔鋼や炎から聞こえてくる声に初めて逆らった」

折れた剣先を優しく撫《な》でながら、シルクは言う。

「使い手を蝕《むしば》むことのない聖剣ができたよ……親方もまあまあマシな剣だって言ってた。それから、扱えるように造るべきだって。アタシは使い手に合わせるべきだって……」

剣を打たぬシルクに、どうにか打たせたかったのやもしれぬな。

才気溢《あふ》れる未熟な彼女を導くのに、ベラミーは相当悪戦苦闘していたと見える。乏しい経験とはアンバランスなほどに、技量だけが突出しているのだから。

「仲間たちも、ようやく前に進んだって言って……これが正解なんだって……でも……」

彼女の手が震える。目尻には、涙が滲《にじ》んだ。

「……どうしても……」

シルクは服の袖で涙を拭う。

「……どうしても………」

拭っても拭っても、とめどなくその雫《しずく》はこぼれ落ちる。

「……どうしても、アタシ……アタシは……これが良《い》い剣だとは思えなくて……全然まったく思えなくて……ただ、ただ、可哀想《かわいそう》で仕方がなくて……」

使い手が使える剣を造る。鍛冶師として特別、間違ったことをしたわけではない。むしろ、自然なことだろう。

だが、シルクにとってそれは、本来あるべき生命をねじ曲げる犯してはならない罪だった。

「……それが鍛冶師の仕事だっていうなら、アタシにはできないと思った……だから、なにも造らずにいたら、破門にされた……」

彼女は僅かに唇を噛《か》む。

「……でも、少なくとも一つは親方の言う通りだった……」

シンと彼が手にする屍焔剣《しえんけん》ガラギュードスに、シルクは視線を向けた。

「……いつか、この広い海のどこかで、アタシの剣を扱える剣士に出会えるって……そのときは、そんな人いるわけがないって無視したけど……」

彼女は折れた翼迅剣を魔法陣に収納すると、立ち上がった。

「お兄サンの名前は？」

「シン・レグリア」

「じゃ、シン」

涙に濡《ぬ》れた赤い目には、しかし力強さが宿っている。

「アタシに、剣を一本鍛え直して欲しいんだったよね？」

シンはうなずく。

「……じゃ、お願い。どんな剣でも言われた通りに鍛え直すから、その代わりに、アタシの相《あい》剣《けん》になって……！」

　シルクは深く頭を下げる。

「相剣とはなんですか？」

「……あ、そっか」

　と、彼女は慌てて説明を始める。

「バーディルーアだと鍛冶師専属の剣士を意味する言葉で……鍛冶師が鍛えた武器を使ってみて、改良点を伝えたり、それと剣比べっていう剣の出来を比べる鍛冶大会があるんだけど、そこで剣士として登録できたりする人のことで……？」

　シルクは、シンの反応を窺《うかが》う。

「私には仕えるべき主君がいます」

「……うん……」

「我が君の命に背かない限りは、あなたの相剣として戦いましょう」

　あっと驚いた後、彼女の顔に喜びが広がっていく。

「いいのっ？」

「ええ。この屍焔剣《しえんけん》はよい魔剣です。あなたが造る剣でしたら、命を預けるに値するでしょう」

　感極まったように、シルクはずいと前へ出た。

「じゃ、それじゃ、どんな剣にしよっかっ？　とりあえず何本ぐらいいるっ？」

「そうですね。様々な種類の魔剣を。できれば——千本ほど」

「千本っっっ⁉」

びっくりしたようにシルクは声を上げた。

「そんなに使ってくれるのっ⁉」

嬉《うれ》しさを抑えられない様子だ。

「……待ってて、すぐ始めるからっ……！」

足下に魔法陣を描くと、シルクの服が変わっていく。体には前掛け、両腕にグローブ、頭にゴーグルが装着された。

「いえ」

すぐさま作業を始めようとしたシルクは、ピタリと足を止める。

「鍛え直す方を先に」

「……あ、そうだった、ゴメン。今、その剣は持ってるの？」

「手元にはないのですが、そろそろ――」

足音が響く。

「ちょうど来たようです」

振り返ったシンの視界に、俺とレイ、バルツァロンドの姿が映った。シルクの視線が、レイが手にした聖剣に釘付《くぎづ》けになる。

じっと魔眼《め》を凝らし、そして長い耳を傾ける。

「………それ……もしかして……？」

「霊神人剣エヴァンスマナです」

シンが言うと、レイがその剣を差し出した。

「天命霊王ディオナテクの声が聞こえるようにして欲しいんだ。できるかな？」

シルクが魔法陣を描き、その上に霊神人剣を載せる。

真剣な面持ちで、彼女は剣の深淵《しんえん》を覗《のぞ》く。

彼女は言った。

「……まず、少なくとも、ここじゃできないよ……」

§21.【託されたもの】

レイは洞窟の工房をぐるりと見回す。

「ここにも立派な設備があるみたいだけど、どんな工房ならいいんだい？」

シルクは首を左右に振った。

「アタシの工房なら、どんな剣でもいける。問題は秩序。霊神人剣エヴァンスマナは、聖剣世界ハイフォリアでしか打つことができない」

「限定秩序か」

俺の言葉に、彼女はうなずいた。

「そう、霊神人剣は祝福の限定秩序を有する。ハイフォリアの主神、祝聖天主エイフェに祝福された聖剣で、つまり彼女の権能だから」

「権能？」

レイが疑問を向ける。

「確か、元々は魔女ベラミーが鍛えた剣じゃなかったかい？」

その問いに、今度はバルツァロンドが答えた。

「権能の有り様は主神により異なるのだ。祝聖天主エイフェが有する権能の一つが、聖エヴァンスマナの祝福。これにより魔女ベラミーが鍛えた剣は、ハイフォリアの象徴へと生まれ変わった」

祝福して初めて、その物体が権能として働くということだ。

「それじゃ、天命霊王ディオナテクも同じ祝福の力を持っているのかい？」

「そうであり、そうでないとも言える」

バルツァロンドが説明する。

「先に述べた通り、ディオナテクはその人物に相応《ふさわ》しき天命を下す神、という伝承にて生まれた精霊だ。いつしかディオナテクは第二主神と噂《うわさ》されるようになり、実際にその力を宿すまでとなった。彼女の世界には長らく二名の主神が存在することとなった」

主神の力を宿す精霊か。

霊神人剣にあれだけの力があるのもうなずける。

「転機が訪れたのは遙《はる》か昔、彼女の世界サイライナにアーツェノンの滅びの獅子《しし》が襲撃を仕掛けた」

サイライナというと、水算女帝リアナプリナの世界か。

「天命霊王ディオナテクはイーヴェゼイノに対抗するため、聖剣世界ハイフォリア、鍛治世界バーディルーアと手を結んだ」

真剣な面持ちでバルツァロンドは言う。

「滅ぼすことが困難な獣どもを完全に屠《ほふ》るための武器が必要だった。ゆえに、ディオナテクは自らに天命を下した。天命霊王は霊神人剣エヴァンスマナに宿る、と」

己の身を犠牲にしてまで、アーツェノンの滅びの獅子《しし》を滅ぼさなければならなかった。それだけの戦いだったということだろう。

「それにより奇妙なことが起きた。ディオナテクは祝福の限定秩序を持ちながらも、同時にかつての天命を司《つかさど》る力を失ってはいない。その力は聖エヴァンスマナの祝福と交わり、かの聖剣は定められた宿命さえも断ち切るといわれる」

確かに奇妙ではある。

だが、精霊は噂《うわさ》と伝承により不可思議なことを起こすものだ。

天命霊王があくまで宿っているだけと考えれば、聖剣自体の限定秩序に干渉しないのも納得できよう。

「そこのお兄サンの言う通り」

シルクが言った。

「とにかく、ハイフォリアに行かないと鍛え直すことはできないよ。他の世界じゃ、どれだけ条件を整えても祝福以外の秩序に干渉を受けるから」

するとまたバルツァロンドが口を開く。

「一から造るならばそうかもしれないが、鍛え直すだけならば、このバーディルーアで十分ではないのか？」

「普通の剣なら、そう。でも、霊神人剣はよろず工房の魔女ベラミーの最高傑作だ。そもそも普通の鍛冶師には持つことさえできないんだから。ここで鍛え直せるのは、それこそ剣を打った本人ぐらい」

ベラミーに頼めれば早かったのだがな。

事情が事情だ。仕方あるまい。

「ハイフォリアへ行きさえすれば、可能か？」

俺が問うも、シルクは即答しなかった。

「……必要なのは三つ……今言った通り、まずは場所、ハイフォリアじゃないと話にならない。次に頑丈で聖剣を打つのに適した大槌《おおづち》を十本。何本かは折れると思うから。最後に、アーツェノンの爪」

爪？

「なにに使う？」

「霊神人剣の刃は硬すぎて研げない。だから、天敵であるアーツェノンの爪を使って研がれた。その爪を切断できるぐらいに」

アーツェノンの爪と霊神人剣は、互いに相反する属性を持つ。

それを利用するわけか。

「……でも、アーツェノンの爪を手に入れるには、滅びの獅子《しし》と戦うしかないし……そもそも、それがあっても、やってみるとしか言えない……」

申し訳なさそうにシルクは、シンの表情を窺《うかが》う。

「……霊神人剣を打つことができたのは、バーディルーア最高位の鍛冶師だけ……婆《ばあ》サンだけだ……」

「ふむ。では、どれも問題なさそうだな」

「え？」

俺は魔法陣を描き、そこから赤い爪を差し出した。

ボボンガから奪ったものだ。

シルクが驚いたようにそれを手に取り、じっと深淵《しんえん》を覗《のぞ》く。

「これって……？」

「アーツェノンの爪だ。それと」

更に魔法陣に手を入れ、白輝槌《はっきつい》ウィゼルハンを手にする。

「霊神人剣を打ったものだそうだ。大槌《おおづち》はこれ一本で足りるだろう」

俺が差し出した大槌《おおづち》をシルクは丁重に受け取った。

そして、その深淵《しんえん》を確かに覗《のぞ》く。

「……………………嘘《うそ》……」

驚いたように彼女は言葉をこぼした。

「これ……どう、して……？」

「お前がやる気になったなら、渡してくれと言われてな」

「……でも、これからイーヴェゼイノと戦争になるのに……？　ウィゼルハンがなかったら、いくら婆《ばあ》サンだってまともに戦えやしない……」

そうだろうな。いかにバーディルーアの元首といえども、本職は鍛冶師だ。戦闘にそれほど適しているとは思えぬ。

「イーヴェゼイノと戦うからこそ、エヴァンスマナが必要ということだろう。ベラミーは聖剣世界との盟約により、これを自ら鍛え直すわけにはいかぬ。ゆえに、お前にウィゼルハンを託した」

その意味は問うまでもなく明白だ。

「シルク・ミューラー。お前の腕を信頼しているのだろう」

イーヴェゼイノとの交戦までに、シルクならば必ず霊神人剣を鍛え直すことができる。そう確信しているからこそ、自らの武器を手放してまで、彼女に委ねたのだ。

「……なんで……」

シルクは唇を嚙《か》む。

表情には、複雑な心境が見て取れる。

「……いつもいつも……文句と小言と説教ばっかりで……まともに褒めたことだってないくせに……」

本人不在の場でさえ、シルクの話になれば文句ばかりではあったな。腕については認めていたものの、手放しに褒めようとはしなかった。

才があると思っていたがゆえに、人一倍厳しく接していたのだろう。こんなもので満足してもらっては困るとな。

だが、その厳しさの意図は、若い弟子にはあまり伝わっていないようだ。シルクが増長しているとベラミーは言っていたが、真相は異なる。

どうやら二人の間には、すれ違いがあるようだ。破門にした後、なかなか戻ってこないのでは、さぞかしベラミーも頭を抱えていたに違いない。

「バーディルーア最高の鍛冶師のお墨付きだ。できぬとは言うまい？」

シルクは唇を尖《とが》らせる。

「……婆《ばあ》サンは、ホント時代錯誤……アタシは褒められて伸びるタイプだし……」

そう独り言のように呟《つぶや》き、彼女は顔を上げる。

白輝槌《はっきつい》ウィゼルハンをくるくると回し、魔法陣の中に収納した。

「《収納工房《ガルツ》》」

洞窟一帯に魔法陣が描かれ、工房がその中に収められていく。魔法炉、鍛冶道具、魔鋼や、魔剣、聖剣があっという間に消え、ただの洞窟に早変わりした。

「じゃ、行こっか。ハイフォリア」

俺たちは洞窟を出て、船着き場に戻った。

オルドフの情報を得るため、どのみちミーシャたちをハイフォリアへ向かわせる予定だった。シンやレイも行けるのならば、都合がよい。

「ハイフォリアまで先導する」

バルツァロンドが言う。

銀水船ネフェウスが飛び立ち、それを追って魔王列車が発進する。

俺は《思念通信《リークス》》を使った。

「エレオノール。状況が変わった。これからハイフォリアへ向かう」

『ええっ？　どういうことっ？　今、ゼシアの剣を造ってもらってるんだけどっ？』

「構わぬ。後で合流せよ」

『船はどうすればいいんだ？』

「バーディルーアもハイフォリアへ来るだろう。乗せてもらえ」

『あー、了解。頼んでみるぞ』

銀水船と魔王列車はみるみる上昇していき、黒穹《こつきゅう》を抜けた。

銀の海をハイフォリアの方角へ全速で進んでいく。

「エールドメード」

銀灯のレールを通じ、今度はパブロヘタラへ《思念通信《リークス》》を送る。

熾死王の声が返ってきた。

『ハイフォリアへ入る許可は取った』

「条件は？」

『それがまさかのなしだ！　オレたちには構っていられないといった様子で、レブラハルドはハイフォリアへ帰っていったぞ。いやいや、いったいなにが起きたのやら？』

「なにかわかれば報せろ」

《思念通信《リークス》》を切断した。

魔王列車を走らせること数時間、前方に一つの銀泡が見えてきた。

銀灯の明かりと、純白の虹がいくつもかかっているのがはっきりとわかる。

『到着した』

「バルツァロンド。聖剣世界に戻れば、お前は自由が利《き》かなくなるのではないか？」

現在のところ、バルツァロンドは霊神人剣のために独断専行で動いている、ということになっている。

今はまだ連れ戻されるような事態になっていないが、さすがにハイフォリアに戻っては聖王や他の五聖爵が放っておかぬだろう。

『銀水船で入らない限り、狩猟義塾院にもわかりはしない。ネフェウスは入界せずに、近海に潜伏。私は魔王列車に乗り、ハイフォリアに入る』

「ミーシャ」

俺が言うと、彼女はこくりとうなずく。

「射出室、扉を開放」

ミーシャの声とともに、最後尾車両のドアが開く。

銀水船から一人飛んできたバルツァロンドが、そこから魔王列車の中に入った。

「下りていい？」

「問題ない。入界許可を取ったならば、狩猟義塾院の警戒には引っかからない。あちらから接触してくるとしても多少の時間がかかる」

ミーシャの問いに、バルツァロンドが答える。

「では、適当な船着き場に下り、霊神人剣とオルドフの調査、二組にわかれる。どちらも聖王には知られぬ方がいい。狩猟義塾院が接触してくる前に魔王列車から出ろ」

そう指示を出した。

「下降開始」

ミーシャの合図で、魔王列車はまっすぐハイフォリアへ入界していく。銀灯のレールを延ばし、それをハイフォリア内部に固定する。

魔王列車はレールから外れ、黒穹《こっきゅう》を下降した。やがて、視界は夜空に変わり、鮮やかな白い虹が目に映る。

そして――

『パブロヘタラ所属の船へ告ぐ』

「……なにっ……？」

と、バルツァロンドが声を上げた。彼の説明とは違い、ハイフォリアに入るや否《いな》や《思念通信《リークス》》が届いたのだ。

『こちらは狩猟義塾院、叡爵《えいしゃく》ガルンゼストと申します。所属と長の名、目的を開示願えますか？』

「転生世界ミリティア元首、アノス・ヴォルディゴードだ。先に報《しら》せた通り、力を貸しに来た」

そう《思念通信《リークス》》に応答する。

『承っております。現在ハイフォリアは厳戒態勢にあります。滞在中、船はこちらの監視下へおくため、指定の場所へ下ろしていただくことになります』

「ふむ。少々、動きが取りにくくなりそうだな。イーヴェゼイノとの交戦までにはまだ猶予があるはずだが、幻獣機関に動きでもあったか？」

『幻獣機関の動きは不明でございます。しかし、銀泡が動いております』

深刻な声で、ガルンゼストは言った。

『イーヴェゼイノ自体がこのハイフォリアに接近しているのです』

§22．【蠢《うごめ》く暗雲】

地上に光が見えた。

上空を走る魔王列車がその明かりに照らされる。

誘導用のものだろう。

魔眼室《まがんしつ》が捉えた映像を、ミーシャが魔法水晶に映し出した。山岳地帯だ。山肌と一体化した城がいくつも建っており、光はその内の一角から放たれているようだ。

『詳しい説明は、私の狩猟《しゅりょう》宮殿《きゅうでん》にていたします。どうぞ、その光を辿《たど》ってお越しください』

ガルンゼスト叡爵《えいしゃく》が言い、《思念通信《リークス》》は切断された。

「バルツァロンド、このまま下りるとどうなる？」

ちょうど機関室に入ってきたバルツァロンドに俺は問う。

「狩猟宮殿の船着き場には、船を取り調べる術式が備わっている。勘の鋭い連中もいる。隠蔽魔法を使おうと、隠しきれるとは限らない」

イーヴェゼイノ接近に伴い、ハイフォリアに入ってくる船への警戒を強めているのだろう。

バルツァロンドやシルクをこのまま乗せておくのは得策ではなさそうだ。

「しかし、あそこはガルンゼスト狩猟宮殿。叡爵《えいしゃく》の本拠地だ。もしも先王の情報をガルンゼスト卿が握っているなら、その痕跡があるはず」

そうバルツァロンドがつけ加えた。先王オルドフと通信できるなら、記録を残しているやもしれぬ。そうでなくとも、叡爵《えいしゃく》の部下が情報を握っている可能性はある。

「シルク。霊神人剣を鍛え直す場所はどちらがよろしいですか？」

シンが問う。

「虹水湖《こうすいこ》の水が必要だから、できればそこがいいけど。アタシもハイフォリアには殆《ほとん》ど来たことがなくて……」

「虹水湖《こうすいこ》はガルンゼスト狩猟宮殿がある山の麓だ」

バルツァロンドが言うと、魔法水晶の映像が切り替わった。

「……目と鼻の先だけど、気がつかれないかしら……？」

ガルンゼスト狩猟宮殿下方にある湖へ視線を向けながら、サーシャが頭を捻《ひね》る。湖の水面では光が反射し、キラキラと虹のような輝きを発していた。

「虹水湖《こうすいこ》はガルンゼスト卿の管轄外だ。派手な動きを取らなければ、問題はない」

バルツァロンドがはっきりと断言した。

「でも、静かに鍛え直すなんてできるのかしら？　バーディルーアじゃ、剣を打つ音が山を越えて響き渡ってたわ」

「う……！」

考えていなかったとばかりに、バルツァロンドは表情を歪《ゆが》める。

「音を遮断すれば問題あるまい。結界は不得手か？」

「甘く見るな。この伯爵のバルツァロンド、それしきの結界を作るぐらいわけもない」

「できるなら、なんで困ってたのよ」

サーシャの鋭い追及に、バルツァロンドは堂々と答えた。

「狩猟貴族は狩りが本分。獣を狩る以外の頭を持ち合わせてはいない」

「ちょっとは持ち合わせた方がいいと思うわ……」

呆《あき》れたようにサーシャは言った。

「では、霊神人剣組とバルツァロンドはここで降り、狩猟義塾院に気がつかれぬように虹水湖《こうすいこ》へ向かえ」

「御意」

シンが言い、彼らは最後尾の射出室へ向かう。

「ミサ」

「あ、はい。そうですよね」

ミサがシンたちを追いかけていき、レイの隣に並ぶ。

「……今回は、別行動ですね」

「戦いに行くわけじゃないし、ちゃんと帰ってくるよ」

「あはは……心配はしてませんけど、お父さんもいますし……あぅっ」

ミサが鼻の頭をシンの背中にぶつける。

突然、立ち止まった彼は眼光鋭く言った。

「油断なさらぬように。無駄口を叩《たた》けば、帰りが遅くなるかもしれません」

ミサとレイは苦笑いで顔を見合わせる。

「ミサ、そろそろ」

「はいっ」

ミサが白い指先を頭上へ伸ばせば、溢《あふ》れ出《だ》した暗黒が彼女の身を包み込む。

そこに、無数の雷が走った。

檳榔子黒《びんろうじぐろ》のドレスと、背には六枚の精霊の羽。深海の如《ごと》き髪が伸び、彼女の真体があらわになった。

「《深印《ドラム》》」

水の紋章が現れ、それをミサは描いた魔法陣に組み込み、深化させる。

「《深悪戯神隠《ティテジエーヌ》》」

シンやレイ、シルクたちの胸に、二枚の輝く羽根が現れ、ぴたりとくっついた。

一枚は妖精の羽根、もう一枚は隠狼《いんろう》の羽根である。術式に《深印《ドラム》》を組み込み、深層魔法となった《深悪戯神隠《ティテジエーヌ》》ならば、この聖剣世界の秩序の中でもそれなりの隠蔽が利《き》くだろう。

射出室に辿《たど》り着くと、シンは立ち止まった。

「準備は？」

シルクはうなずく。

「行きましょう」

「《深悪戯神隠《ティテジエーヌ》》は湖に着いたら解除されますわ。気をつけてくださいな」

シンたちの体が霧に変わり、射出室のドアの隙間からすうっと外へ抜けていく。

魔王列車があるため、ガルンゼスト狩猟宮殿からは死角になっている。《深悪戯神隠《ティテジエーヌ》》を使っているため、そう滅多なことでは気がつかれまい。

彼らはそのままゆっくりと虹水湖《こうすいこ》を目指していった。

「ミサ。ミーシャ、サーシャ。狩猟宮殿到着後、隙を見て抜け出せ」

ミーシャがこくりとうなずき、サーシャが言った。

「狩猟宮殿に忍び込んで、オルドフの手がかりを探せばいいのよね」

「そうだ」

ミサは再び《深悪戯神隠《ティテジエーヌ》》を使い、現れた羽根を自分たちにくっつける。

魔王列車はそのまま下降していき、狩猟宮殿の屋上に設けられた船着き場で停車した。

バルツァロンドの話では、船を取り調べる術式が備わっているとのことだ。《深悪戯神隠《ティテジエーヌ》》を使っているとはいえ、どこまで隠せるかが問題だろうな。

術式よりもむしろ、勘の鋭い連中とやらが厄介やもしれぬ。

「アルカナ、ともに来い」

機関室の扉を開け、俺とアルカナは魔王列車から降りた。

船着き場には多くの銀水船が停泊している。俺たちを出迎えるように、正装の狩猟貴族たちがずらりと並んでいる。中央にいた一人が前へ出た。

紳士然としたくせっ毛の男だ。腰に聖剣を三本下げ、羽帽子を被《かぶ》っている。

「お初にお目にかかります。聖王より本狩猟宮殿の守護を任されました、叡爵《えいしゃく》のガルンゼストと申します」

羽帽子を取り、ガルンゼストは丁重にお辞儀をした。

「アノス・ヴォルディゴードだ。こちらは妹のアルカナという」

「よろしく、羽帽子の子」

一瞬鋭い視線でアルカナの深淵《しんえん》を覗《のぞ》いた後、ガルンゼストは微笑《ほほえ》みを返した。

「どうぞ、こちらへ。状況を説明いたします」

ガルンゼストの足下で固定魔法陣が光り輝く。

その上に俺とアルカナが乗れば、視界が真っ白に染まった。次の瞬間、俺たちは転移した。

大鏡が何枚も並べられた一室だ。

中央にある大鏡の前にいたのは、聖王レブラハルドである。

「魔王学院の助力に感謝する」

彼は振り向き、社交辞令のように言った。

「これだけ早く来訪したのは、事態に気がついてのことかな？」

「いいや、偶然だ」

大鏡に映っているのは、巨大な暗雲に包まれた銀泡——災淵《さいえん》世界イーヴェゼイノである。

巨大すぎて判別しづらいが、確かに刻一刻と移動している。

「この映像はどうやって映している？」

「偵察船からの映像です。界間通信となるため、現在の術式構成では一五分から三〇分ほど遅れていますが」

ガルンゼストが答える。

「ハイフォリアに接触するのはいつだ？」

「イーヴェゼイノは少しずつ速度を上げています。恐らくは、三、四日かと存じます」

ちょうどイザークが提示した期限を切った辺りか。

ハイフォリアを潰すと言ったのは、脅しではないようだな。

「迎え撃つ予定だったけれど、これでただ待つわけにもいかなくなった」

努めて冷静にレブラハルドが言う。

「このまま衝突すれば、イーヴェゼイノもハイフォリアも無事では済まない」

ハイフォリアとイーヴェゼイノは天敵同士、聖王レブラハルドの見立てが確かなら、両者の戦力にそこまで大きな差はない。

戦場がハイフォリアならば狩猟貴族が勝ち、イーヴェゼイノならば災人が勝つ。

ゆえに民を危険に曝《さら》すのを覚悟の上で、ハイフォリアで迎え撃つ算段だった。

つまり——

「本来は小世界を動かす手段がなかったということか？」

「外から銀泡に触れようとしても、すり抜けてしまうのが秩序だからね。強い力で中から押せば、動く前に世界が壊れる」

「イーヴェゼイノをどうやって動かしているか調べる必要がある、か」

動かし方がわかれば、止めることもできよう。さもなくば両世界とも、銀海の藻屑《もくず》と消える。

「理想でいえば、そうなるだろうね」

「私見ですが、イーヴェゼイノを滅ぼす方が早いでしょう」

ガルンゼストが言う。

確かに、妥当な考えではある。時間があるならばともかく、猶予は短く見積もって三日だ。

「災淵《さいえん》世界の移動には、少なくとも災人が関わっているはず。奴《やつ》を狩れば、止まる公算が大きいと考えております」

「だが、それにはイーヴェゼイノへ乗り込まねばなるまい」

「最悪の場合は、そうでしょう。しかし、このまま衝突すれば、共倒れになります。災人は私たちが我慢できず、先に飛び出してくるのを待っているでしょう」

イーヴェゼイノが戦場ならば、あちらが有利だ。むざむざ死にに行くようなものだろう。

丁寧な口調でガルンゼストが言う。

「勇気を持って、引きつけるべきです。災人たちは獣。餌食霊杯《えじきれいはい》を前にすれば、待つことができないのが彼らの本能というもの」

「ふむ。イーヴェゼイノに囮《おとり》を向かわせ、災人どもを釣り出すわけか？」

俺の問いにガルンゼストがうなずく。

そうして、レブラハルドに進言した。

「いかがでしょう、聖王陛下？　ご命令とあらば、このガルンゼスト、喜んで死地へ――」

「やめておけ」

ガルンゼストが俺を睨《にら》む。

「あちらが玉砕覚悟ならば、度胸試しにはならぬ」

「獣の牙がハイフォリアまで届くことはない。この世界は祝聖天主エイフェに守護された聖域だからね」

さらりとレブラハルドが言った。

「狩人《かりゆうど》の理性と獣の本能、どちらが上か教えてあげるといい」

その命令に、ガルンゼストが深々と頭を下げる。

「必ずや、陛下のご期待に応えてみせます」

§23. 【宮殿潜入】

ガルンゼスト狩猟宮殿。船着き場。

魔王列車機関室にて、ミサ、サーシャ、ミーシャは外の様子を窺《うかが》っていた。

「見張りの数は、合計七名。宮殿への入り口は転移魔法陣のみ。ぜんぶで四カ所」

船着き場の警備をミーシャは神眼で把握していく。

「宮殿の窓はすべて閉ざされ、結界が張られている」

「霧化しても、窓からは入れそうにありませんわね」

優雅に髪をかき上げながら、ミサが言う。

「でも、《深悪戯神隠《テイテジエーヌ》》で見張りの魔眼《め》は誤魔化せたとしても、勝手に転移の固定魔法陣が起動したら、確実にバレるわ」

そう口にして、サーシャが考え込む。

入り口が固定魔法陣のみなのは、姿を消す者への対策なのだろう。魔眼で捉えられぬほどの隠蔽魔法だろうと、通る場所が決まっていれば侵入を察知できる。

「見張りは交代いたしませんの？」

「誰かが転移魔法陣を使うときに一緒に転移するってこと？　そこまで近づいたら、さすがに《深悪戯神隠《テイテジエーヌ》》でも危なくないかしら？」

深層世界だ。その警戒はしておくべきだろう。

「いざとなれば力尽くで黙らせますわ」

「ミサって真体になるとアノスっぽいこと言うわよね……」

サーシャが呆《あき》れたような視線を送る。

「黙らせた後はどうするのかしら？」

「意識のない人体は人形と同じ。《思念並行憑依《リクスネス》》で操れますわ」

「それ、最終的には気がつかれない？」

「ですから、それまでに先王オルドフの手がかりを見つけますの」

困ったようにサーシャは頭に手をやる。

「後でハイフォリアになに言われるかわからないわ」

「オルドフの手がかりが最優先というお達しですもの。聖上六学院の領地で事をなすのですから、ある程度はアノス様も大目に見てくださいますわ」

「それはそうかもしれないけど、もうちょっと安全策ってないの？」

するとミサはミーシャを振り向く。

「魔王列車にはエクエス、メイティレンの反魔法が備わっている。船を取り調べる術式、狩猟貴族の魔眼《め》でも、内部は完全に見通せない」

ミーシャは淡々と説明し、歩き出した。

とことこと機関室から別車両へ進んでいく彼女の後を、サーシャとミサが追いかける。

やがて、砲塔室にやってきた。

休憩していたファンユニオンの少女たちが立ち上がる。

「勝手に開いたよっ⁉」

「どういうことっ⁉」

魔法を制御し、ミサたちは姿を現した。

「あ、ミーシャちゃんたちだ」

「そっか。《深悪戯神隠《ティテジエーヌ》》！」

こくりとうなずき、ミーシャは言う。

「休んでて」

ミーシャは数歩進み、立ち止まった。

彼女は床に視線を向ける。

「外からはここが一番の死角」

ミーシャの瞳に白銀の月が浮かぶ。《源創《げんそう》の神眼《しんがん》》である。その視線が床を優しく照らし、扉に創り変えた。

ミーシャは手を伸ばし、床扉を開く。その向こう側にあるのは、船着き場の床だ。

「……床にも結界が張ってありますわね……」

魔眼《めを》向けながら、ミサが言う。

「結界と床に穴を空ける。気がつかれないくらい小さな穴」

ミーシャがサーシャに目配せする。

「やってみるわ」

サーシャが《破滅の魔眼》を浮かべ、じっと結界を見据える。針の穴を通すように魔眼を制御し、結界に極小の穴を穿《うが》っていく。

同時にミーシャは《源創《げんそう》の神眼《しんがん》》を使い、結界に空いた極小の穴へ視線を通した。屋上の床が創り変えられていき、じわじわと小さな穴が空き始める。

「気がつかれてはいませんわ」

ミサは外の見張りたちに視線を配っている。

ミーシャとサーシャは穴を穿《うが》つのに全神経を集中させていた。力が強すぎれば気取られるが、逆に弱すぎれば穴が空かない。方向が僅かでもズレれば、死角から脱し、やはり気がつかれてしまうだろう。

瞬《まばた》きをすることなく、二人は魔眼と神眼を働かせ続ける。

そして、数分後――

「空いた」

ほっと胸を撫《な》で下《お》ろし、二人は魔眼と神眼を消した。

「エレン」

ミーシャが呼ぶと、エレンが駆け寄ってきた。

「ここから戻ってくるから」

「うんっ、了解！　魔王列車をここから動かさないようにすればいいんだよね？」

「お願い」

「任せてっ！　みんなで頑張るからっ！」

ファンユニオンの少女たちが笑みを浮かべる。

「では、参りますわ」

ミサが言い、三人の体が霧化した。

その霧は、先程空けた床の穴へすうっと吸い込まれていき、みるみる下降する。屋上から最上階の天井を抜け、彼女たちはガルンゼスト狩猟宮殿の内部に侵入した。

ゆっくりと三人は床に足をつく。

『どこから調べますの？』

ミサが《思念通信《リークス》》を使う。

『界間通信には魔法具が必要だと思う』

『界間通信の魔法って今のところ誰も使ってないものね。小世界に出入りするのも普通の船じゃ無理みたいだし、たぶん主神の力を宿してなきゃだめなんだわ』

ミーシャとサーシャが言った。

主神の力を宿した魔法具、それが界間通信ができる条件だろう。

『先王との通信を隠してるなら、部外者が立ち入らない場所が有力』

『じゃ、それを探しましょ』

三人は罠《わな》や探知魔法を警戒しつつ、慎重に宮殿内を進んだ。

来賓のエリアからは遠ざかり、武器や魔法具、戦闘用の固定魔法陣の魔力を追っていく。

ある通路に差し掛かり、ミーシャが足を止めた。

振り向いた先にあるのは、行き止まりである。

『建物の構造からすると、この先はなにもありませんわ』

『奥に魔力が見えた』

サーシャとミサが目配せする。

『行ってみましょ』

ミーシャがうなずく。

先程と同じ要領で、《破滅の魔眼》と《源創の神眼》《げんそうのしんがん》にて、壁と結界に小さな穴を空けた。

三人は霧化して壁の向こうへ入っていく。

ミサが言った通り、建物の構造から考えたなら、抜けた先にあるのは空だろう。

だが、辿《たど》り着《つ》いたのは部屋の中だった。

窓がいくつも並んでいるが、外は暗闇だ。星明かりも見えぬということは、魔法でなんらかの処置がされている。部屋の中央には、大きな舵《かじ》がある。操舵《そうだ》室なのだろう。

『船の中……よね？』

サーシャの問いに、こくりとミーシャはうなずいた。

『界間通信の魔法具があるかもしれない』

船は小世界の外へ出るためのものだ。狩猟義塾院のものならば、主神が祝福した界間通信の設備があっても不思議はない。

ミーシャ、サーシャ、ミサは、操舵《そうだ》室に通信用の魔法具がないか調べていく。

数分が経過した。

『……ありませんわね……』

『そうね……』

ミサとサーシャが、ミーシャを振り向く。

彼女はふるふると首を振った。

ここには目当ての魔法具はなさそうだ。

『一応、他の部屋も探してみ――』

サーシャが言いかけたそのとき、ミサは《深悪戯神隠《テイテジエーヌ》》を解除し、彼女の体をつかんだ。

壁から聖剣が突き出され、サーシャの鼻先ぎりぎりを通りすぎた。

《深悪戯神隠《テイテジエーヌ》》に気がついたということは、視覚で捉えたわけではない。ミサが咄嗟《とっさ》に手を引かなければ、当たっていただろう。

『こっち』

ミーシャが別室へ移動する。二人もすぐさま後を追った。

隣室で息を潜めていると、操舵室《そうだ》の壁をすり抜けて、一人の男が姿を現す。

狩猟貴族だ。

耳に剣状のピアスをし、聖剣を持っている。

男はざっと操舵室《そうだ》を見回すと、声を張り上げた。

「おれは男爵レオウルフ！　そこにいるのはわかっているぞ、曲者《くせもの》め。三つ数える内に姿を現し、正々堂々と名乗りを上げろ。でなければ――」

瞬間、レオウルフの聖剣がきらりと輝いたかと思うと、ミーシャたちが隠れている隣室のドアが斬り落とされた。

「――貴様らの素っ首を斬り落とす」

§24．【思わぬ願い】

「一つ」

男爵レオウルフの声が響く。

隣の船室に身を隠しながら、サーシャとミサは身構えた。

姿を見られれば厄介なことになる。踏み込んで来たところを迎え撃ち、正体を知られぬ内に倒すか、さもなくば逃げる他ない。

ミーシャが天井を見上げた。僅かに隙間がある。

「二つ」

三人は目配せし、うなずき合う。

ミサが再び精霊魔法を使い、三人は霧化して天井の隙間へと向かう。

《深悪戯神隠《ティテジエーヌ》》

「三つ」

瞬間――天井からぬっと刃が突き出され、ミサの体に突き刺さった。霧化しているはずの彼女の皮膚が裂け、血がどっと溢《あふ》れ出《だ》す。

『くっ……』

追撃とばかりに、天井から伸びた刃が振り下ろされる。

咄嗟《とっさ》に身を翻《ひるがえ》し、ミサたちは床に着地した。

『ミサ』

サーシャが振り向く。

ミサの胸に、折れた剣先が刺さっている。

奇妙なことに、刃が皮膚と同化し始めていた。回復魔法を使っているが、一向に治る気配はなく、徐々に傷口が広がっていく。

足音が響いた。

船室へレオウルフが入ってくる。

どういう理屈か、彼が手にした聖剣からはミサの血が滴《したた》っていた。

「手応えあれど、姿なし。面妖な魔法を使うものだな」

魔眼《め》で見ようとすれば、存在を消すのが神隠しの精霊だ。その特性が備わった精霊魔法《深悪戯神隠《ティテジエーヌ》》により、レオウルフの魔眼《め》には、ミサたちが映っていない。

にもかかわらず、奴《やつ》はその瞳をまっすぐ彼女たちの居場所へと向けた。

「されど、運が悪かったな。我が心眼は、貴様らの心を見抜く。姿を消し、魔力を消し、存在を消そうとも、心は消せぬが人の性《さが》」

ゆらりとレオウルフは聖剣を構える。

刹那、その魔力が無と化した。

「融和剣《ゆうわけん》、秘奥《ひおう》が弐――」

ミーシャたちは地面を蹴り、三方にバラけた。狙いを分散させ、攻撃を受けなかった者が、レオウルフを倒す算段だ。

「――《同化増刃《どうかぞうじん》》！」

聖剣が床に突き刺さる。

直後、壁と床から逃げ場もないほど無数の刃が伸び、三人の体を串刺しにした。

服につけた二枚の羽根が斬り刻まれ、《深悪戯神隠《ティテジエーヌ》》の効果が消えていく。

彼女らは姿を現した。

「同化した物質の分だけ、刃を増やせるんですの？」

聖剣に体を縫い止められながらも、ミサは不敵な笑みを浮かべる。

「名と所属を言え。目的はなんだ？」

ふふっとミサが笑う。

「なにがおかしい？」

「鍼《はり》治療をいくらなさったところで、脅しにはなりませんわ」

「……なるほど。理解した」

眼光を鋭くし、レオウルフは剣を構える。

そうして、地面を蹴った。

「まずは貴様の素っ首を斬り落とす！」

その瞬間、ミサたちを串刺しにしていた無数の刃が、一斉に砕け落ちた。

「むっ……!?」

ミサとレオウルフが話している最中、サーシャが《破滅の魔眼》で聖剣の護《まも》りを削り、ミーシャが《源創《げんそう》の神眼《しんがん》》で脆《もろ》い物質に創り変えたのだ。

「サーシャ」

「いくわよっ!!」

《源創《げんそう》の神眼《しんがん》》により、船室が氷の城内に創り変えられていく。魔力が外部へ伝わらぬように、強固な結界としたのだ。

間髪を容れず、サーシャの瞳に《破滅の太陽》が浮かぶ。その視線がレオウルフに突き刺さり、黒陽を照射する。

まっすぐレオウルフは聖剣を振り下ろす。

「融和剣、秘奥《ひおう》が壱――」

「――《和刃《わじん》》」

放たれた黒陽を、奴《やつ》は見事に斬り落とす。恐らくあの聖剣はあらゆるものと融和する。溶けて混ざり合えば、両者は同質のものとなる。

ならば、破滅の光であろうと剣の技量でもって切断できる。

「なかなかに手練《てだ》れのようだ。三対一では骨が折れる」

レオウルフは《思念通信《リークス》》を送ろうとしたが、しかしつながらなかった。

ドーム状の闇が、氷の城内を覆い尽くしていた。《深印《ドラム》》により深化したミサの《深闇域《デメラ》》が、通信魔法を阻害しているのである。

「これでもうあなたは籠の中の鳥。逃げることもできませんわ」

「なるほど」

聖剣を構え、レオウルフは小さく息を吐く。

そうして、右手で融和剣を構え、左手で立体魔法陣を描いていく。

「《聖覇武道《テウス》》」

奴《やつ》の足下から魔法の線が延びる。

それは枝分かれし、室内にいくつもの道を構築した。

「我が武道、何人たりとも阻《はば》めはせん」

鋭い眼光が、ミサに突き刺さる。

レオウルフは姿勢を低くし、大きく一歩を刻んだ。必殺の一刀を放とうと、融和剣の魔力が桁違いに膨れ上がる。

そのときだ。

光の輪が闇のドームを照らした。

「…………!?」

なにかに気がついたか、飛びかかろうとしていたレオウルフは、寸前で踏みとどまった。

直後、光の輪が《深闇域《デメラ》》を消し去り、ミーシャが創造した氷の城内を瞬《またた》く間に溶かしていく。

あっという間に、辺りは元の船室に戻った。

大きな魔力を感じた。

人ではなく、神族のものだ。

それも普通の神ではない。

ドアの向こうから、足音も立てずに歩いてきたのは、純白の法衣を纏《まと》った少女である。

背には虹の輝きを放つ二枚の翼。頭には光の輪が浮かぶ。

そして、その全身は清浄としか言いようがないほどに神々《こうごう》しい光を発す。

「……天主《てんしゅ》……」

少女を庇《かば》うように、レオウルフがその前に立った。

「剣をお引きなさい、レオウルフ。彼女らは私の客人として迎えるがゆえに」

僅かに目を丸くしたが、レオウルフは聖剣を魔法陣に収め、《聖覇武道《テウス》》を消した。

「天主の御心のままに」

ミーシャたちを一瞥《いちべつ》した後、レオウルフは踵《きびす》を返《かえ》し、去っていく。

逃してはまずいとサーシャが咄嗟《とっさ》に《終滅《しゅうめつ》の神眼《しんがん》》で睨《にら》みつけるも、少女の翼が放つ光が黒陽を消し去った。

すると、操舵《そうだ》室の方から複数の足音が聞こえてくる。

「レオウルフ殿っ！」

「先程、こちらから不審な音がっ？」

声が響く。

異変に勘づいた狩猟貴族たちが集まってきたのだろう。

「曲者《くせもの》はいない。ガルンゼスト卿への報告は不要だ。他の者にもそう伝えろ」

「了解！」

レオウルフと狩猟貴族らが操舵《そうだ》室から去っていく。

やがて、足音は完全に消え、船室は静寂を取り戻した。

「レオウルフは忠実な狩人《かりゅうど》。主神の命に背くことはなきゆえ、安心を」

少女の口から神聖な声がこぼれ落ちる。

ミーシャはその神眼《め》を彼女へと向けた。深淵《しんえん》を覗《のぞ》き、そっと問う。

「あなたが、祝聖天主エイフェ？」

ミーシャが尋ねる。

「ええ」

ミサとサーシャが、不可解そうに目配せをする。

彼女はこの聖剣世界ハイフォリアの主神だ。その魔力や、男爵レオウルフの振る舞いからも間違いないだろう。

「どうして助けてくれた？」

「よき精霊、よき神と思ったがゆえに」

疑問を向けたミーシャに、エイフェは穏やかな表情を返す。

「……そんな理由で？」

サーシャが訝《いぶか》しむ。

なにか別の狙いがあるのでは、と勘ぐっているのだろう。

「私の神眼《め》には、虹路《こうろ》が見える。虹路《こうろ》というのは、我が世界の住人が歩むべき正道であり、その人の良心が具象化した姿。そして、異世界の者であろうとも、よき者は虹路《こうろ》の片鱗《へんりん》を持つ。其《そ》の方らの心に、それは見える。すなわち、今日《こんにち》まで己が良心に背かなかったことの証《あかし》が」

嫋《たお》やかにエイフェは言った。

「私は長きにわたって、ある虹路《こうろ》の形を持つ者が訪れるのを待っていた。そして、其《そ》の方らがここへやってきた」

ゆっくりと祝聖天主は足を踏み出し、ミーシャたちのそばまで歩いてきた。

「どうか、名をお聞かせ願いたい」

ミサとサーシャが、ミーシャに視線を配る。

彼女はこくりとうなずいた。

「ミーシャ」

「ミサですわ」

「サーシャよ」

それぞれの名を、しっかりと受け止めるように彼女は言った。

「ミーシャ、サーシャ、ミサ。其《そ》の方らにお願いが。引き受けてくれるのなら、この狩猟宮殿への侵入を咎《とが》めることはなき。そして、祝聖天主エイフェの祝福を授けよう」

エイフェの心中を推し量るように、ミーシャは神眼《め》を向けている。

嘘《うそ》はなさそうだと思ったか、彼女は言った。

「祝福の代わりに、教えて欲しいことがある」

「それは、いかなること？」

「ハイフォリアの先王オルドフの居場所が知りたい」

すると、祝聖天主エイフェはその神眼《め》を丸くし、驚きをあらわにした。

「……ああ……なんということ……」

そう呟《つぶや》いた後に、エイフェは三人を見た。

彼女は言う。

「私の願いもまた、オルドフに会うこと」

ミーシャが二度瞬《まばた》きをする。

「もう一度彼に会い、確かめたい」

「……なにを？」

憂いに満ちた顔で、エイフェは言った。

「私が……祝聖天主エイフェの心が、真《まこと》にハイフォリアの主神に相応《ふさわ》しいのかを」

§25. 【祝福】

サーシャが疑問の表情を浮かべ、首を捻《ひね》った。

「もうちょっと詳しく訊《き》きたいんだけど、あなたはハイフォリアの主神なのに、自分が相応《ふさわ》しくないと思ってるってことでいいのかしら？」

「正しく答えるには、少し長き話になる」

祝聖天主エイフェは、そう三人に伺《うかが》う。

「大丈夫」

ミーシャが言った。

すると、エイフェは踵《きびす》を返《かえ》す。

「こちらへ」

隣の操舵室《そうだ》へ移動すると、エイフェは壁に魔法陣を描いた。

ミーシャたちが入ってきた入り口だ。神々しい光に祝福され、つながっていた空間に結界が構築された。

「これにて狩猟宮殿から、この聖船エルトフェウスに入ってくる者はなきゆえ」

そう口にして、エイフェは三人に向き直る。

「其《そ》の方らは、この聖剣世界ハイフォリアを平定する元首——聖王の選定方法をご存じか？」

「霊神人剣エヴァンスマナ」

淡々とミーシャが答える。

「それを抜いた者は、聖王の王位継承権が得られる」

ルナ・アーツェノンを救うため、レブラハルドは霊神人剣を抜き放った。王位継承権を得た彼は、退位した先王オルドフの後を継ぎ、聖王となった。

「それは正しきこと。霊神人剣は、私の権能、聖エヴァンスマナの祝福を受けし聖剣。私には虹路《こうろ》を見る神眼《め》があり、霊神人剣に至ってはこの世界ハイフォリアの虹路《こうろ》を見る力がある」

「虹路《こうろ》は人の良心が具象化したものでしたわね。ハイフォリアの虹路《こうろ》というのは、どういうものですの？」

ミサが問う。

「言葉にするのは難しきことなれど、それは言わば世界の良心が具象化したもの。ハイフォリアが他世界との関係において、善き行い、相応《ふさわ》しき行いをし、正しき道を歩む。そのための標《しるべ》こそ、世界における虹路《こうろ》とご理解を」

「ハイフォリアがよりよい世界になるための道ってことかしら？」

サーシャの質問に、エイフェはうなずく。

「霊神人剣エヴァンスマナは、ハイフォリアを導く王を選定する。エヴァンスマナを抜いた歴代の聖王は皆、私利私欲に囚《とら》われることなく、良心と理性に従い、この世界が正しくあるために力を尽くした」

バルツァロンドが、エヴァンスマナの柄を持っていたということは、彼も次期聖王の器というわけだ。

確かに少々頭は足りぬが、義理に厚い男だ。己を犠牲にし、部下を助ける気概もある。周囲の支えがあるならば、善き王になるだろう。

霊神人剣に選ばれたのも、納得のいく話だ。

「よくわからないんだけど、エヴァンスマナはあなたの権能なのよね？　歴代の聖王がそれだけ尽力したんなら、あなたが主神に相応《ふさわ》しくないってことはないんじゃないの？」

「……それはかつての話。今では私の心が、エヴァンスマナと乖離《かいり》している。いいえ、この神眼《め》とさえ隔たりがある」

心苦しそうに、祝聖天主エイフェは言った。

「現聖王レブラハルド。彼は霊神人剣に選ばれし者。私の神眼《め》にも、彼が堂々と虹路《こうろ》を行く姿がはっきりと見えている。私の秩序は、彼が間違いなく正しき道を歩んでいることを示している。だのに――」

エイフェはその手をそっと自らの胸に当てる。

「この心は、彼の正義に胸騒ぎを感じる」

ミーシャが瞬《まばた》きを二回する。

そして、問うた。

「エイフェ。あなたは聖王のなにが間違っていると思う？」

ゆっくりとエイフェは首を左右に振った。

「根拠はなきこと。レブラハルドは、オルドフと同じくその身をハイフォリアに尽くしている。この胸騒ぎの原因を探りはしたものの、彼は私利私欲に飲まれたことはただの一度としてなき。ひたすらに、ただひたすらに、正道を求めて邁進《まいしん》している」

ルールにこそ厳格ではあるが、非道というわけでもない。

ミリティア世界は少々目をつけられているものの、それとて泡沫《ほうまつ》世界だということが大きな要因だろう。

結局はミリティアの聖上六学院入りも認めている。

「それゆえに、問題は私の心だけ」

エイフェは言う。

「本来、主神の秩序と心が相反するなど、あってはならぬこと。自ら選んだ王を、根拠なく否定するのは、正しき道ではない」

彼女は静かに目を伏せる。

「正しき道を歩む者には祝福を。それがハイフォリアの秩序。主神たる私自ら、虹路《こうろ》を否定し続ければ、やがてこの世界の秩序にも歪《ゆが》みが生じる」

ミーシャとサーシャの表情に、険しさが生じる。

「私は——壊れ始めているのかもしれない」

「それをオルドフに会って確かめたい？」

ミーシャの質問に、エイフェはうなずく。

「オルドフは聖王を立派に勤め上げた、紛《まが》うことなきハイフォリアの英雄。今、この神眼《め》で彼を見て、彼の正義が間違っていると思うのなら、私が壊れていることがはっきりする」

「間違っていると思わなかったら？」

エイフェは口を閉ざす。

そうして、しばし考えた後にこう言った。

「……考えがたきこと。なぜなら、霊神人剣はレブラハルドを選んだ。それゆえ、オルドフに私がどうすべきか尋ねたいと思う」

かつて、ハイフォリアを治めた聖王として、祝聖天主はオルドフに全幅の信頼をよせているのだろう。

彼に会うことができれば、必ず打開策が得られるといった口ぶりだ。

「バルツァロンドも兄は変わってしまったって言ってたし、レブラハルドがおかしくなったってことはないの？」

サーシャが疑問を呈すると、ミサが言った。

「だとしても、心がおかしいか、神眼《め》がおかしいかの違いでしかありませんわ」

エイフェは、レブラハルドが堂々と虹路《こうろ》を歩んでいる姿が見えると言った。それが誤っているのなら、事態は更に深刻だろう。

虹路《こうろ》は恐らく聖剣世界の根幹。それを見るべき彼女の神眼《め》が狂っているのなら、すでに秩序には異変が生じているのかもしれぬ。

「エイフェの異変はいつから？」

ミーシャが問う。

「今から、約一万四千年前のこと」

清浄な声で、祝聖天主は語る。

「エヴァンスマナを抜いたレブラハルドは、その剣身を失い、ハイフォリアに帰ってきた。法により、エヴァンスマナについての黙秘は許されていない。しかし誰に問い質《ただ》されようと、彼はなにがあったのかを頑《かたく》なに喋《しゃべ》らなかった。先王オルドフにさえ」

レブラハルドがルナ・アーツェノンを守るために口を閉ざしたことは想像に難《かた》くない。

よもや災禍《さいか》の淵姫《えんき》を助けてきた、とは言えまい。

「私はレブラハルドを罪に問わなかった。彼の行く先に、燦然《さんぜん》と輝く虹路《こうろ》が見えていたがゆえに。それからまもなく、先王は退位し、レブラハルドが即位した。少しずつ、私の心と私の秩序が、乖離《かいり》し始めた」

「レブラハルドの人が変わったのは即位してからですの？」

ミサが問う。

「即位と同時に、彼の部下が全員虐殺されたがゆえに」

驚いたように、ミーシャが目を丸くした。

「……どうして？」

「私は咎《とが》めなかったが、それを誤ったメッセージとして受け取る者もいた」

「虹路《こうろ》が見える以上、主神は手を汚せない。ですから、自分が泥を被《かぶ》って断罪するのが正しいと考えたということですの？」

エイフェはうなずく。

「彼の部下も黙して語らず、その報復を受けた」

良心と理性に従うのが美徳とされるハイフォリア。

だが、正義も行き過ぎれば、ろくなことにならぬものだ。

「犯人は堂々と名乗り出た。彼らの極刑を望む声が多かったが、それを諫《いさ》めたのがレブラハルドだった。彼は聖王として、正しき行いをした」

僅かに瞳を曇らせ、エイフェは言う。

「それから彼は変わった。より正しくあろうと、万人が遵守すべき法を厳格に定め、それを正義と信じた」

悲しげな声が、ぽとりと落ちる。

「レブラハルドは法に背いたがゆえに、部下を失ったと思ったのかもしれない」

それで法を正義と信じるようになった、か。

あるいは、ルナ・アーツェノンを助けたことさえ、後悔しているのやもしれぬ。

「そんなことがあったんなら、無理もない気がするけど」

サーシャが言うと、隣でミーシャがこくりとうなずく。

「それに、そこまで間違ってるってことも……」

言いかけて、サーシャははっとしたような表情を浮かべた。

「どうかした？」

「……ちょっとおかしいと思って……約一万四千年前にレブラハルドは即位して、その事件があって、それで少しずつ彼がなにかおかしいってエイフェは思うようになったのよね?」

祝聖天主はうなずく。

「オルドフは、たまにハイフォリアに帰ってくるんじゃなかった?」

「ハイフォリアは平和ゆえ、私は殆《ほとん》どの期間を聖船エルトフェウスにて遠征している。パブロヘタラの領海を広げ、小世界を学院同盟へ勧誘するのが一つの目的」

「それはレブラハルドの考えですの?」

「そう。銀水聖海の小世界すべてがパブロヘタラに入れば、よき正義を実行できるというのが彼の理想ゆえ」

少なくとも争い自体は減るだろう。揉《も》めたとしても、銀水序列戦というルールの中で決着をつけられる。

すべてというのは、また遠大な目標だがな。

しかし、偶然か?

息子のバルツァロンドや主神のエイフェ。オルドフに近しい者をオルドフから引き離そうとしているようにも思えるが……?

「それじゃ、オルドフの船に通信用魔法具がないっていうのも、本当なのね?」

「ハイフォリアの界間通信は、いずれも私が祝福した魔法具にて行われる。その中にオルドフと通信しているものはなき」

サーシャが頭に手をやって考え込む。

「……じゃ、あと考えられるのは……」

「他の世界から手に入れた魔法具ですの？」

エイフェがうなずく。

「心当たりは一つ。ハイフォリアは鍛冶世界バーディルーアと友好条約を結んでいるがゆえ、この銀泡にはバーディルーアの自治領がある」

祝聖天主が魔法陣を描き、そこに地図を表示する。

「バーディルーア鉄火島《てつかとう》。その場所には、バーディルーアの界間通信用魔法具がある。私は盟約により許可なく立ち入りできないが――」

「わたくしたちなら、忍び込めるということですのね」

ミサの言葉に、祝聖天主は首肯した。

「レブラハルドに、オルドフと通信できるか尋ねた？」

ミーシャが問う。

「災人イザークの狙いはオルドフ。先王のことは、任せて欲しいと彼は言っていた。私はイーヴェゼイノ接近に備えなければならない」

通信手段があるようにも取れる。だが、わざわざバーディルーアの魔法具を使う理由があるのか？

「わかったわ。わたしたちの魔王様は、どのみちオルドフを捜してるし、そのときにあなたのことを伝えればいいのね？」

「大きな感謝を。火急のときである今、表立っての力添えは難しきこと。せめて、其《そ》の方らに困難を打ち破る祝福の魔法を授けよう」

ミーシャが小首をかしげる。

「……祝福の魔法？」

答えの代わりに、エイフェは虹の翼を広げる。

それが輝きを発したかと思えば、目映《まばゆ》い光がサーシャたちを照らし出し、それぞれを祝福していった。

§26.【錆《さび》の原因】

ガルンゼスト狩猟宮殿。大鏡の間。

イザーク討伐作戦について、聖王レブラハルドが説明をしていた。

「――しかし、上手《うま》く災人を釣り出せたとして、ハイフォリアまで撤退するのは至難だ。銀海では船を破壊されれば、こちらの足は止まったも同然。災人の速さには対抗できない。先王もイーヴェゼイノからの撤退戦でかなりの被害を出してしまった」

ガルンゼスト叡爵《えいしゃく》は、丁重に耳を傾けている。

「ゆえに、イーヴェゼイノをギリギリまで引きつける。ハイフォリアまで十分に撤退可能な距離まで縮まるのを待ち、そこで仕掛ける」

「一度失敗すれば、イーヴェゼイノとの衝突は避けられませんが？」

「だからこそ、幻獣を釣り出しやすくもある。その機を逃せば、餌食《えじき》霊杯を食らえる機会がなくなってしまうからね」

「幻獣や幻魔族を釣り出せたとて、イザークが雑魚《ざこ》に目をくれるものか？」

俺の問いに、レブラハルドはこう答えた。

「もし災人が出てこなくとも、幻獣をハイフォリアにおびき寄せれば、そこには祝聖天主がいる。その権能、聖エウロピアネスの祝福は、本来同意のもと、他世界の住人をハイフォリアに迎え入れる際に使うものだが、これが獣にはよく効く」

「つまり、同意なしでハイフォリアの住人にできるというわけか？」

レブラハルドがうなずく。

「渇望《かつぼう》から解放し、人に戻す祝福だよ。奴《やつ》ら獣は、仲間がそれをされると群れとなって襲ってくる習性がある。災人も例外ではない」

「習性？　同胞の尊厳が踏みにじられれば当然だと思うがな。お前たちとて、狩猟貴族が餌食《えじき》霊杯とされれば、それを助けに行くだろう」

「踏みとどまる理性があるからこそ、私たちは人なのだと思うね。餌食《えじき》霊杯となった狩猟貴族も、自分のためにハイフォリアが犠牲になることを善しとはしない」

滑らかにレブラハルドは説明する。

「獣を祝福するとは言っていないよ。そう思わせるだけで、彼らは渇望《かつぼう》を抑えきれずに追ってくるということだ」

「どうかな？」

追ってこなければ、この男にそれをしない理由はあるまい。

「では、聖王陛下。私は準備を整えて参ります」

ガルンゼスト叡爵《えいしやく》は固定魔法陣を使い、この場から転移していった。

「元首アノス。そなたの言い分も理解できる。双方の被害を減らしたい気持ちは私も同じ。しかし、彼らの尊厳とこの聖剣世界を秤《はかり》にかけることはできない」

「要はイーヴェゼイノを止めればいいのだろう？」

そう告げて、俺は踵《きびす》を返《かえ》す。

アルカナが後に続いた。

「なにか手立てが？」

「イザークに直接問《と》い質《ただ》す。ちょうど聞きたいこともあるのでな」

固定魔法陣の上に乗り、魔力を送る。

「彼が答えるとは思えない」

「そのときは力尽くで止める。イーヴェゼイノが停止したなら、兵を引け」

一瞬考え、聖王は言った。

「獣どもも止まるのなら、争う理由はない」

「一つ覚えておけ」

転移の固定魔法陣を起動しながら、俺は言う。

「祝福とは無理矢理押しつけるようなものではない」

真顔で応じ、奴《やつ》は言った。

「肝に銘じておこう」

俺とアルカナはその場から転移した。

やってきたのは船着き場だ。俺たちは空を飛び、まっすぐ黒穹《こつきゅう》へ上がった。アルカナと手をつなぎ、《掌握魔手《レイオン》》を使って、銀泡の外へ出た。

魔法障壁を張り、銀水を遮断すると、そのままイーヴェゼイノの方角を目指して飛んでいく。

「皆は大丈夫だろうか？」

「見られるぞ。銀灯のレールがあれば魔法線はつなげられる」

バーディルーアとイーヴェゼイノは途中までは方角が同じだ。今、俺たちは魔王列車がバーディルーアから敷いてきたレールの上を飛んでいる。

そこにつなげた《魔王軍《ガイズ》》の魔法線にて、視界を共有する。

見えてきたのは――虹水湖《こうすいこ》だ。

虹の橋がかかる幻想的な湖の畔《ほとり》を、レイたちは歩いていた。

先導しているのはシルク。彼女は急ぐわけでもなく、のんびりと歩きながら、時折立ち止まり、せせらぎに耳をすます。そうかと思えば、また歩き出す。そんなことを何度も繰り返していた。

「シルク。のんびりしていられる時間などありはしない。急げないのか？」

焦《あせ》るようにバルツァロンドが言う。

「霊神人剣を鍛え直すには、水質が大事なの。虹水湖《こうすいこ》も場所によってそれが全然違うから、探すのには時間がかかるよ」

「そこをなんとか頼みたい。もう日付が変わってしまった。災人がハイフォリアに来るまで、二日しかない」

災人がパブロへタラに来たのは昨日の夕刻、今は深夜だ。

イザークは三日待つと言っていたが、ご丁寧に夕刻まで待つとは限らない。バルツァロンドの言う通り、猶予は残り二日と考えた方がいいだろう。

「なんとかできることと、なんとかできないことがあるの。そんなに言うなら、水質の良《い》いところ教えてよ」

「それがわかれば苦労はしない」

不服そうに彼女が唇を尖《とが》らせる。

「お気になさらず。我が君がイーヴェゼイノへ向かいましたので」

さらりとシンが言った。

「……え？　って、それむしろ大丈夫なの？」

「災人イザークの心配はしなければいけませんね」

彼はそう断言する。シルクは怪訝《けげん》そうな反応を見せたが、考えても仕方がないと思い直したか、やがてまた歩き出した。

湖の周囲を探索すること一時間。シルクの耳がぴくりと反応した。

すぐさま彼女は浅瀬に入り、その水を手ですくう。

再びそれを湖に戻して、水面に当たる音に耳をすました。

「見つけた」

シルクは更に沖へ進んでいき、腰まで水につかる。

魔法陣を描き、そこから白輝槌《はっきつい》ウィゼルハンを取り出した。

「せーのっ」

両手でウィゼルハンを振りかぶり、シルクは大きく跳躍する。水面めがけ、その聖槌《せいつい》を振り下ろしては、水を割って、水底を砕いた。

すると、砕かれた大地がみるみる変形していき、四角い小屋を作り出す。にょきにょきと二本の煙突が生えてきた。

割れた水が元に戻り、建物を覆い隠す。二本の煙突だけが、僅かに水面から覗《のぞ》いていた。

「この中でやるから。入って」

シルクは片方の煙突から中へ入る。

レイたちもその後を追って、小屋の中へ入った。作られたのは箱だけのようで、室内にはなにもない。

シルクは床に魔法陣を描いた。

「《収納工房《ガルッツ》》」

ぬっと収納されていた工房の設備が魔法陣から出現する。バーディルーアの洞窟にあった道具や魔剣がそっくりそのまま、小屋の中に備えられた。

「じゃ、レイ……だっけ？　キミが扱う聖剣だから、手伝ってくれる？」

「ああ」

「ハイフォリアの魔力石炭を、ぜんぶそこの鉄火炉《てつかろ》に置いて。ゆっくりね」

レイは石炭置き場に魔眼《めがん》を向ける。

産地の違う石炭が並べられているようで、僅かだが発せられる魔力が異なる。彼はそこからハイフォリアの魔力石炭を選ぶと、鉄火炉に置いていく。

その間、シルクは十数本の配管をいじっていた。

彼女は耳をすまし、配管のバルブを一つ開ける。すると、虹水湖《こうすいこ》の水が供給され、水桶《みずおけ》に溜《た》められていく。

続けて残りの配管のバルブを開ける。

取り込み口が違うだけで、やはり水桶《みずおけ》に水が流れ込んできた。

その音に耳をすましながら、シルクはバルブを微調整していく。

すると、水面がキラキラと七色に光り始めた。

「……少し多い……」

そう呟《つぶや》き、シルクはバルブを絞る。

水面の光は七色から三色──赤、緑、青のみになった。

「よし」

彼女は聖槌《せいつい》をくるくると手元で回し、自らの魔力を無にした。

「白輝槌《はっきつい》、秘奥《ひおう》が弐──」

回転するウィゼルハンが光と水をかき混ぜる。

「──《攪拌錬水《かくはんれんすい》》」

水しぶき一つ上がらず、光と水が攪拌《かくはん》される。

キラキラと反射する三色が混ざり合い、白い光に変わった。

「レイ。できた？」

「これでいいかい？」

シルクが鉄火炉に並べられた魔力石炭を眺める。

「バッチリ」

と言いながら、シルクは魔力を無にして、白輝槌《はっきつい》を振り上げる。

「白輝槌《はっきつい》、秘奥《ひおう》が壱――」

ウィゼルハンを思いきり、魔力石炭に叩《たた》きつけた。

「――《打炭錬火《だたんれんか》》」
ダ、ガガガンッと魔力石炭の一つが砕け散ると同時に、一気に炎上し、他の石炭に燃え広がる。
更にもう一度、二度と炎ごと石炭を打ちつければ、まるで炎を鍛えるかのように、みるみる火力が増していった。

ふうー、と息を吐き、彼女はレイを振り返った。

「鍛え直す手順は簡単。まず聖剣を鉄火炉に入れる。錬火《れんか》と反応し、剣は赤く染まる。ウィゼルハンで輝きの錆《さび》を叩《たた》き出《だ》す。錬水《れんすい》に入れ、失った魔力を補給する。また鉄火炉に入れる。その繰り返しで、仕上げにはアーツェノンの爪を使う」

「僕がすることは？」

「錆《さび》を叩《たた》き出《だ》すときに、霊神人剣を押さえてほしい。たぶん、霊神人剣と相反する魔力に曝《さら》されすぎたんだと思う。折れていた霊神人剣じゃ、それを浄化しきれず、錆《さび》が溜《た》まっていったんだ。叩《たた》き出《だ》せば、封じられた力が一気に溢《あふ》れ返る」

微笑《ほほえ》みながらも、レイは押し黙る。二千年前、霊神人剣がいったいなにを斬りつけていたのか、思い当たる節があったのだろう。

「それは……ちょっと手《て》強《ごわ》そうだね」

真剣な顔つきで、彼は霊神人剣に向かい合う。

「始めるよ」

レイがうなずき、霊神人剣をシルクに差し出す。

彼女はそれを受け取った。

鉄火人だからか、それとも分厚いグローブの特性か、持ち主を選ぶ霊神人剣は、シルクに牙を剝《む》くことはない。

シルクはエヴァンスマナを鉄火炉に入れる。錬火に加熱され、みるみる聖剣は赤く染まっていく。素早く、シルクは金床にそれを置くと、くるりと柄をレイの方へ向けた。

彼が両手でそれを押さえつけ、シルクが白輝《はっき》槌《つい》を振り下ろす。

瞬間、ガタガタとエヴァンスマナが暴れ出し、レイが両手に裂傷を負う。飛び散った黒き火花が粒子となり、一気に弾《はじ》けた。

「……っは……!?」

シルクが後方へ吹き飛ばされた。

荒れ狂う黒き火花が、バルツァロンドが張った結界を容易《たやす》く貫通し、鍛冶工房に無数の穴を空ける。湖の水が一気に流入してきた。

「大丈夫ですか？」

シルクの肩を、シンが抱きとめていた。

「……もっと細く……」

シンの言葉が聞こえていないかのように、すぐさまシルクは歩き出し、聖槌《せいつい》で工房の床をたたき割る。

それにより、工房に空いた穴がみるみる塞がり、水が排出されていく。

彼女は再び、白輝槌《はっきつい》を霊神人剣に叩《たた》きつけた。

だが、今度は金属音が鳴り響くばかりだ。

「……違う……もっと深く……」

試行錯誤をするように、シルクは霊神人剣に聖槌《せいつい》を打ちつけていく。

「バルツァロンド」

煙突から声が響いた。

ひょっこりと顔を出していたのは、ミーシャである。

「いい？」

バルツァロンドは飛び上がり、煙突から外へ出た。

サーシャとミサもそこにいる。

「先王の居場所がわかったか？」

「まだ。バーディルーア鉄火島に手がかりがあるかもしれない」

ミーシャが淡々と言い、サーシャが続けて口を開く。

「鉄火人しか入れないって聞いたんだけど、ベラミーに許可を取ってもらえないかしら？」

「……鉄火島はバーディルーアの自治領。元首ベラミーは先王の戦友だ。一枚噛《か》んでいてもおかしくはないが、そうだとすれば立ち入らせてはくれないだろう」

「逆に断られれば、怪しいということではありませんの？」

ミサが言うと、バルツァロンドはうなずいた。

「確かに……それはそうだが……」

と、そのとき、ミーシャがなにかに気がついたように空を見上げた。暗闇の中、飛んでいるのは、ハリネズミのような工房である。バーディルーアの船だ。

「来た」

「問題は、どう切り出すのが最善かだが……」

『あー、ミーシャちゃん、いる？』

エレオノールから《思念通信《リークス》》が届く。

バーディルーアの工房船に乗っているのだ。ミーシャはそれを全員に聞こえるようにした。

「いる。どうかした？」

『あ、うん。ゼシアが駄々こねて、ついでにバーディルーアのなんとか島を観に行くって言ってるんだけど、そんな余裕ないよね？　あっちの人にも悪いし』

『構やしないさ。どうせ、まだ武器も仕上がってないんだ。なあ』

『ばぁばと……ゼシア……仲良しさん……です……』

『エンネスオーネも仲良しだよっ！』

『おー、そうだねぇ。仲良しさんだねぇ。あー、よしとくれよ、二人も乗せたら、ばぁばの膝が満員になってしまうよ。ほら、見えた。あれがこれから行く、ばぁばの島だよぉ』

これまで聞いたことがないほど甘い声が聞こえ、ミーシャたちは顔を見合わせる。

「……今の声は、誰か？」

眉根を寄せ、怪訝《けげん》そうにバルツァロンドが言った。

§27. 【餌食《えじき》霊杯】

銀海。敷かれた銀灯のレール上を、俺とアルカナは生身で飛行していた。

ハイフォリアにいるレイやミーシャたちに、今のところ大きな問題は起きていない。オルドフの手がかりはつかめていないが、まずは鉄火島に行ってみるしかあるまい。

銀灯のレールを通じた魔法線では、界間通信と同じくタイムラグや制限が発生するが、許容範囲だろう。

「お兄ちゃん」

ふと気がついたように、アルカナが言う。

「ここから先、イーヴェゼイノの方角にはレールがないだろう」

「問題ない」

二律剣に《掌握魔手《レイオン》》を纏《まと》わせ、刃を走らせる。

夕闇の剣閃《けんせん》とともに、銀灯のレールは三つに切断された。

一つが、聖剣世界ハイフォリアへ向かうレール。

一つが、鍛冶世界バーディルーアへ向かうレール。

最後の一つが、行き先のない短いレールだ。それは、《掌握魔手《レイオン》》の効果にて増幅され、みるみる前後にレールを延ばしていく。

三つのレールがつながり、三叉路《さんさろ》となった。

更に《掌握魔手《レイオン》》の二律剣を走らせながら飛んでいけば、ぐんぐんと銀灯のレールが前方へ延びていく。

その方角には、災淵《さいえん》世界イーヴェゼイノがある。

「災いの子となにを話すのだろうか？」

「なぜイーヴェゼイノを動かしたか、理由を知りたくてな」

「オルドフを連れてこなければ、ハイフォリアを潰すと彼は言った。それが脅しではないことを示したかったのではないだろうか？」

その可能性は高いが、

「オルドフとの誓いに関係があるやもしれぬ」

鉄火島になにも手がかりがなければ、そろそろ手詰まりだ。

誓いの内容は、もう一人の当事者に確かめた方が早いかもしれぬ。

「素直に教えてくれるだろうか？」

「さて、訊《き》いてみぬことにはな」

メリットがあれば話す、というような男には見えなかった。

奴《やつ》の興味をそそれば、あるいはといったところか。災人が話し合いに応じなければ、レブラハルドにも言ったようにイーヴェゼイノを力尽くで止めるしかあるまい。

それをするにも、動いている原理を突き止める必要がある。

猶予はさほどない。俺は可能な限り急ぎ、銀灯のレール上を飛び抜けていく。

やがて、小世界では夜が明ける頃、ハイフォリアの偵察船が視界の端に映った。俺たちに気がついたか、ゆるりと舵《かじ》を切った。

『こちらはハイフォリア狩猟義塾院、レッグハイム侯爵である。パブロヘタラの校章を確認した。貴公の所属と目的を尋ねたい』

侯爵か。五聖爵の一人のようだな。

さすがにイーヴェゼイノ領海付近に、生半可な実力の者は配置せぬか。

「転生世界ミリティア元首、アノス・ヴォルディゴードだ」

『……聖王陛下より、伝達は受けている。本気であの災人と話し合うつもりか？　イーヴェゼイノに入ってしまえば、生きて帰れる保証はないぞ』

「いらぬ心配だ。お前こそ、うっかりイーヴェゼイノの領海に入るなよ。餌食《えじき》霊杯を察知した幻獣どもが飛び出しては面倒を見きれぬ」

速度を落とさず、その場を一気に通過すれば、距離が離れたことにより、《思念通信《リークス》》が切断された。

目の前には黒く濁った銀水が見えてきた。

迷わずそこへ飛び込み、先にある銀泡を目指す。視界は悪いが、中心に向かって飛んでいくと、前方に分厚い暗雲が姿を現した。

災淵《さいえん》世界を覆う結界だ。

初見ならば少々骨が折れたところだが、一度入った際に急所は知れている。

「《掌握魔手《レイオン》》」

かつて通ったその暗雲に二律剣を突き刺し、ぐるりとこね回す。分厚い暗雲が渦を巻き、その中心に穴が空いた。

僅かに銀灯の明かりが漏れ出してくる。

二律剣を振るって、銀灯のレールを災淵《さいえん》世界に接続した後に、《掌握魔手《レイオン》》の右手を使い、内部へ侵入を果たす。

黒穹《こっきゅう》を下りていけば、空が見える。

太陽が昇っている頃だが、雨雲がすべてを覆っていた。以前に来たときよりも遥《はる》かに気温が低く、そして土砂降りの雨が降っている。

眼下に見える巨大な水たまり――《渇望《かつぼう》の災淵《さいえん》》が凍りついていた。

本来そこへ流れ込むはずの雨粒は氷床の上に溜《た》まり、冷気に冷やされ、氷の塊と化す。降り注ぐ雨は、《渇望《かつぼう》の災淵《さいえん》》の上方で凍りつき、巨大な氷の柱を形成していた。
ゴ、ゴゴゴゴ、と地鳴りがし、地面が激しく震動する。
氷の柱はガラガラと崩れ、氷河となって下流へ流れていった。

それらは木々や建造物をあっという間に押しつぶしていく。

「主神と元首が目覚めたのに、どうしてこんなに荒れているのだろう？」

悲しげに、アルカナは災淵《さいえん》世界の惨状を見つめた。

と、そのときだ。

「──てめえの物差しは、なんでも測れんのか？」

その空域の雨が瞬《また》く間《ま》に凍りつき、みぞれと化した。

アルカナが頭上を見上げれば、そこに災人イザークが浮かんでいた。

「汚《きた》え泥《ね》ん中でしか生きらんねえ魚もいりゃ、荒れた世界でしか自我をたもてねえ獣もいる」

ふむ。

「つまり、これがイーヴェゼイノの平常か」

《渇望《かつぼう》の災淵《さいえん》》へ魔眼《め》を向ける。

「お前が目覚めなければ、イーヴェゼイノの住人は理性を失い、渇望《かつぼう》に支配されると聞いたが、それを防ぐために《渇望《かつぼう》の災淵《さいえん》》を凍らせているというわけだ」

ここへ降り注ぐ雨粒は、《渇望《かつぼう》の災淵《さいえん》》により引き寄せられている人々の渇望《かつぼう》。災人イザークの秩序はそれを凍《い》てつかせ、《渇望《かつぼう》の災淵《さいえん》》による影響を抑えているのだろう。

「勝手に凍《こお》んだよ」

ゆっくりと災人が下りてきて、俺と目線を同じくする。

「オレは好きにやってる。うちの連中は、好きでここにいる。それ以上でも以下でもねえ」

勝手に凍るというのは、まあ嘘《うそ》ではないだろう。

この男の半身は主神だ。この世界にもたらされている秩序は、制御が利《き》く類のものではあるまい。

「オルドフはどうした？」

本題とばかりに、災人が問う。

「あいにく俺はハイフォリアの住人ではないのでな」

ちっ、とイザークが舌打ちする。

「オルドフとどんな誓いを交わしたのだ？」

「話す義理はねえ」

吐き捨てるようにイザークは言った。

「イーヴェゼイノを動かしているのは、その誓いが関わっているのか？」

「てめえに関係あんのか？」

殺気をあらわにした魔眼《め》がギラリと光り、奴《やつ》の右腕に冷気が集う。

即座にアルカナは、警戒するように身構えた。

一触即発の気配が漂う中、俺は更に問うた。

「オルドフが凍ったお前をハイフォリアに匿《かくま》っていたのはなぜだ？」

ギラついたその魔眼《め》から、殺気が薄れ、別の感情が表れた。

それは興味だ。

「………」

災人は無言で俺を睨《にら》んでいる。

数秒が経《た》った後、奴《やつ》は牙を見せ、僅かに笑った。

「来な」

災人は《転移《ガトム》》の魔法陣を描く。

俺とアルカナはそれと同じ術式の魔法陣を構築し、同時に転移した。

視界が真っ白に染まり、次の瞬間、雑多に椅子が放置された一室が現れた。

外壁には水のスクリーンが張られており、そこに外の様子が映っている。

見えたのは雷貝竜ジェルドヌゥラの貝殻で作られた幻獣機関の研究塔だ。

イーヴェゼイノの船中か。

《渇望《かつぼう》の災淵《さいえん》》の中を漂っているようだな。つまり、災人の秩序で凍っているのは水面部分だけということになる。

「災人さん？」

聞き覚えのある声が聞こえた。

車椅子に乗った女が、室内に入ってくる。滅びの獅子《しし》ナーガ・アーツェノンだ。彼女は俺の顔を見るなり、たちまち絶句する。

「急に出ていったと思ったら……」

招かれざる客と言わんばかりに、彼女は言った。

「これは、どういうことかしらね？」

「表で偶然会った。退屈しのぎだ」

災人の回答を耳にし、ナーガは呆気《あっけ》にとられた。

「……偶然なわけないと思うのだけれども。アノスは敵に回るかもしれないって、あたしもボボンガもコーストリアも忠告したのに、なにも聞いていなかったのかしらね。あと二日で、ハイフォリアと全面戦争をするっていうのに、いったい災人さんはなにがしたいの？」

「ぎゃーぎゃーうるせえ」

イザークが椅子を二脚投げてよこす。

「座んな」

奴《やつ》は椅子をつかむと、背もたれを前にして座った。

俺とアルカナも着席した。

「なかなかよい船だ」

「うちで一番でけえ災亀だ。狩人《かりゅうど》どもの船がぶつかってもびくともしねえ」

ハイフォリアとの一戦のために用意したものなのだろうな。

ナーガがどっと疲れたようにため息をついている。

「……責任もって仲間に引き入れるか、片付けるかしてちょうだいね……」

俺の選択肢を限定するように彼女は言った。

だが、見たところ、すべてはイザークの胸三寸だろう。この男は相手を敵と見なさぬ限り、どれだけ不都合があっても引き留めはしまい。

「餌食霊杯《えじき》は知ってんのか？」

「幻獣が授肉するための、渇望《かつぼう》に乏しい種族のことだろう？」

ハイフォリアの狩猟貴族がそうだ。

生まれながらにして理性が強く、渇望《かつぼう》に乏しい彼らは、幻獣の器に適している。

ゆえに、それはイーヴェゼイノとハイフォリアの争いの発端となり、今日に至るまで続けられてきた。

「食欲に抗《あらが》える獣はいねえ。幻獣《あいつら》はいつでも腹を空かしてる。飢える寸前になりゃ、縄張りを出て獲物を探しに行く」

災人は言う。

「うちの秩序はそういうもんだ。この銀泡は一匹の獣なんだよ」

「イーヴェゼイノ自体が、幻獣の本能をもっているかのように振る舞うと？」

「察しがいいじゃねえの」

獰猛《どうもう》な笑みを覗《のぞ》かせ、イザークは告げた。

「イーヴェゼイノが動いてんのは、腹が減ってるからだ。ハイフォリアを喰《く》らいたくてたまんねえんだとよ」

§28.【待ち人来らず】

災淵《さいえん》世界は聖剣世界を食《く》らうために動き始めた、か。

「ハイフォリアが餌食《えじき》霊杯ならば、それを食らえばイーヴェゼイノは授肉するのか？」

「さあな」

牙を覗《のぞ》かせ、イザークは言う。

「食ったことがねえ」

幻獣は肉体を持たぬが、イーヴェゼイノ自体は銀泡として確かに存在する。授肉するとなれば、なにが起きるのか？　幻獣が餌食《えじき》霊杯の体を乗っ取ることを考えれば、少なくともハイフォリアはイーヴェゼイノに取り込まれるだろう。

恐らくはその秩序も失われる。

「オレが眠りにつく前だ。災淵《さいえん》世界に予兆があったのは」

災人は語り始めた。

「聖王オルドフはそれに気がつき、よろず工房や狩猟義塾院を率いて災淵《さいえん》世界へやってきた。まだ動いちゃいなかったが、長年、幻獣を狩ってきたあの大馬鹿野郎にだけは、イーヴェゼイノの反応が餌食《えじき》霊杯を前にした幻獣と同じだってことがわかったみてえだな」

オルドフは、幻獣や幻魔族を洞察する力に長《た》けていたのだろう。

ハイフォリアを食《く》らうとまで見抜いたかは定《さだ》かではないが、少なくともイーヴェゼイノが動き始める気配を感じ取った。

それで、いち早く手を打ったというわけだ。

「オルドフはどうしたのだ？」

「イーヴェゼイノでなにもできるわけがねえ。のこのこやってきたところを、ぶっ潰した。部隊はイーヴェゼイノを調べることもできずに撤退した」

それで終わったならば、災人が眠りにつくことはなかったはずだ。

「だが、奴《やつ》らはハイフォリアまでは逃げ帰らなかった。銀泡の外に陣を敷き、祝聖天主エイフエにイーヴェゼイノを祝福させようとしやがった」

災淵《さいえん》世界自体を祝福しようとした、か。

「聖エウロピアネスの祝福か？」

「災淵《さいえん》世界にはよく効くんだとよ」

ナーガが言っていたな。

忌《い》まわしき災淵《さいえん》世界を正しき道へ歩ませる、それがハイフォリアの主張だと。

「つまり、祝福された災淵《さいえん》世界イーヴェゼイノは、ハイフォリアの秩序に塗り替えられる。早い話が、イーヴェゼイノは消えてなくなり、ハイフォリアが所有する銀泡の一つとなる」

イーヴェゼイノは渇望《かつぼう》を失い、ハイフォリアを食《く》らう心配もなくなる。

「そうなれば、イーヴェゼイノは停止すると睨《にら》んだ」

「確証はなかったみてえだがな。それしか手がなかったんだろうよ」

イーヴェゼイノを調査する前に、災人に撃退されたのだから無理もない。

「そんでそいつも、そううまくはいかなかった。災淵《さいえん》世界を丸ごと祝福するには、最低でも一昼夜かかる」

イーヴェゼイノの領海で、それだけの時間、祝福を続けるのは困難だったに違いない。

それが容易《たやす》いようなら、とっくの昔に両世界の争いには決着がついている。

「領海に陣取った狩人《かりゅうど》どもの部隊をぶっ潰し、逃走する奴《やつ》らを追い立てた。三日三晩追い回し、ハイフォリアが見えてきた。狩人《かりゅうど》らはズタボロだ。鉄火人も戦えねえ。奴《やつ》らの世界が終わんのは目に見えてた」

くくくっ、と思い出すように災人が笑う。

「オルドフが面白《おもしれ》えことを言い出すまではな」

「ほう」

「馬鹿なことだぜ。あいつは大馬鹿野郎だからな。それに乗ってやった。約束を果たさねえなら、この続きをやんぜって条件でオレは寝ることにした」

イザークが眠ったことにより、イーヴェゼイノの秩序が弱まり、ハイフォリアを食らおうという渇望《かつぼう》が消えたのだろう。

それゆえ、災人が目覚めるまで、再びイーヴェゼイノが動き出そうとすることはなかった。

「約束というのは？」

「聞きてえなら、オルドフを連れてこい」

それだけは話すつもりはないという風にイザークは言った。

「ふむ。では、その件については後回しとしよう」

そう口にした俺を、災人が視線で射貫《いぬ》く。

「まだあんのか？」

「オルドフより以前の話だ。そもそもお前たちはなぜハイフォリアと争っている？」

気怠《けだる》げに、イザークは蒼《あお》い髪をかき上げる。

「しち面倒くせえ。むかつく野郎をぶん殴んのに理由がいんのか？」

この手の問答は飽きたと言わんばかりに、イザークはおざなりな返事を返す。

「ただの喧嘩《けんか》ならば、命を奪い合うことはあるまい」

「死ぬときゃ死ぬだろ」

「お前の友も、同胞もな」

奴《やつ》は顔を上げる。

なにも言わず、ただじっと俺に獰猛《どうもう》な視線を向けてくる。

「その虚《むな》しさを知っているなら、拳を下ろすべきではないか？」

イーヴェゼイノの主神であり元首たる男へ、俺は告げる。

「終わらぬぞ。悲劇は幾度となく繰り返される」

「幻獣は狩猟貴族を食う」

災人は言った。

先程よりも、冷えた魔眼《めｊ》をして。

「狩猟貴族は獣を狩る。オレたちが捕食者で、奴《やつ》らは狩人《かりゅうど》。この渇望《かつぼう》が、獲物を食らえと言っている」

「食らわねば生きられぬか？」

俺は問う。

「餌食霊杯《えじき》の代わりが必要ならば、それを用意してやればよい」

「生きるために肉を食うのか？」

災人が問い返す。

奴《やつ》は獰猛《どうもう》な笑みを浮かべて言った。

「美味《うめ》えから食うんだろ」

俺の視線と、奴《やつ》の視線がぶつかり合い、静かに火花を散らす。

「授肉しなくたって幻獣は死なねえ。そもそもが渇望《かつぼう》の塊だ。幻魔族も狩猟貴族どもの身を食《く》らうわけじゃねえ。とどのつまりが、飢えてんのは肉体じゃねえってこった」

災人は人差し指で、自らの頭をつく。

「オレらのここが、渇いてんだ」

バルツァロンドたちが、イーヴェゼイノの住人を獣と呼ぶのもうなずける。

だが、腑《ふ》に落ちぬな。

「お前にそれほど理性がないようには見えぬ」

災人は僅かに目を丸くし、くくっと笑声をこぼした。

「こいつは嘘《うそ》をつかなきゃ生きていけねえ」

イザークはナーガを指す。

「コーストリアは嫉妬深《ぶけ》え。ボボンガは執着心が強《つえ》え」

奴《やつ》は俺に向き直る。

「うちの連中は、昔からどこか狂ってやがる。肝心の主神と元首の頭がイカれてんのが悪《わり》いのかもしんねえな」

くっくっく、と笑いながら奴《やつ》は言う。

「いいじゃねえの。やりてえことを、やりてえようにやりゃいい。イカれてようが上等よ。騙《だま》したけりゃ嘘《うそ》ついて、妬ましけりゃ嫉妬して、執着したけりゃそうすりゃいい。それで野垂れ死ぬなら本望じゃねえか。てめえを偽って平穏無事に過ごすのが、生きてるたぁ言わねえな」

苛烈な言葉で、イザークは滅びの獅子《しし》たちの渇望《かつぼう》を肯定した。

たとえその行為が悲劇につながっていようと、己の欲を満たすことが彼らの生。それをやめてただ命があるだけのことを、よしとはしない。確かに災人は、この災淵《さいえん》世界の主なのだろう。

「ハイフォリアの連中は逆だ。本能に抗《あらが》い、良心を信じ、理性をもって虹路《こうろ》をまっすぐ進む。奴《やつ》らは正義に傾注しやがる。だが、理性も過ぎりゃ狂気の沙汰だ」

背もたれに両手をかけたまま、災人は微動だにせず俺を見据える。

「奴《やつ》らは正しさに狂うように生まれ、オレらは渇望《かつぼう》に狂うように生まれた。お互いにやりてぇことをやってるだけだ。だが、ハイフォリアはそう思っちゃいねえ。奴《やつ》らは正義の名のもとに狩りを行う。オレらが狂った獣だっていうお題目で」

唾棄するように、イザークは言う。

「虹路《こうろ》を進む限り、自分たちだけが正しいって面してな」

ハイフォリアにおいて、虹路《こうろ》は狩猟貴族の良心が具象化したものであり、それは正道とされる。

彼らはいついかなるときも、勇気をもってその道を歩む。イーヴェゼイノの獣を狩る際も、狩猟貴族たちのその目には虹路《こうろ》が映っていることだろう。

己の絶対の正しさを信じ、狩りをしてきたのだ。

バルツァロンドでさえ、当初は俺がアーツェノンの滅びの獅子《しし》だと知ると、対話を放棄して狩りをしようとした。どんな渇望《かつぼう》を有しているかにかかわらず、イーヴェゼイノの獣と判断されれば、問答無用で殺される。

罪なき者も、幼子も、それは変わりはしないだろう。

「気に入らねえ。ぶっ潰してやりてえ。そう思っただけだ」

なぜハイフォリアと争っているのか。

今の言葉が、俺の問いへの答えだろう。

「主神と世界を滅ぼし、狩猟貴族から虹路《こうろ》を奪うつもりだったか」

イザークは笑みを覗《のぞ》かせる。

「察しがいいじゃねえの」

渇望《かつぼう》のままに狩人《かりゆうど》を食《く》らうイーヴェゼイノ。

理性でもって獣を狩るハイフォリア。

両世界の争いは、やはり根が深い。

彼らの理性と渇望《かつぼう》が、互いの在り方を否定している。

だがかつて災人は、ハイフォリアの元首である聖王オルドフの言葉に耳を貸し、長き眠りについた。

対話の糸口が確かにあった。

「イザーク」

俺は問うた。

「お前たちの渇望《かつぼう》をそのままに、ハイフォリアと争う以外の道を見つけてみせると言ったらどうする？」

はっ、と災人はそれを笑い飛ばす。

「どうだろうな？」

話に乗るつもりはないというように、彼はそっぽを向いた。

その視線の先には、水のスクリーンがある。

映っているのは、イーヴェゼイノの空だ。

引き寄せられた渇望《かつぼう》が、豪雨となりて降り注いでいる。

その遙《はる》か彼方《かなた》、黒穹《こっきゅう》の更に向こう側にイザークはその魔眼《め》を向けていた。

誓いを交わした旧友が訪れるのを待っている——

そんな風に思えたのだった。

§29. 【鉄火島】

バーディルーア鉄火島。

ハイフォリアの海に浮かぶ島であり、聖剣世界と同盟を結ぶバーディルーアの自治領だ。現在島の港には、ハリネズミのような工房船が停泊している。

カンカンカン、と金属を打つ音が無数に響く。魔鋼を打つ音だ。

船内の工房では魔女ベラミーが、ゼシアの聖剣エンハーレを鍛え直していた。

「ふう……」

ゴーグルを上げると、ベラミーは聖剣を水桶《みずおけ》に入れた。

「歳《とし》は取りたくないもんだねぇ。昔なら、これぐらいの仕事は朝飯前だったってのに」

魔眼《めめ》を聖剣に向け、耳を傾けながら、ベラミーは言う。

「……ばぁば……お疲れ……ですか……？」

とことことゼシアが歩いていき、ベラミーを見上げる。

「おやまあ、心配してくれるのかい？　いい子だねぇ。大丈夫だよ。ばぁばは、こう見えてもバーディルーアじゃ一等鍛冶が上手《うま》いのさ」

ゼシアを安心させるように、彼女は胸を張ってそう自慢する。

「……汗……沢山です……休憩は……しませんか……？」

フッとベラミーは笑い、ゼシアと目線を合わせるようにしゃがみ込んだ。

「いいかい、ゼシア？　あんたたちは戦士だ。イーヴェゼイノの兵が来たときに戦ってくれるんだろ？」

こくりとゼシアはうなずき、両拳を握る。

「……お任せ……です……！」

ニカッとベラミーは笑う。

「あたしたち鉄火人の戦いはね、戦が始まる前なのさ。あんたたちが前線に出るっていうのに、今あたしが休むわけにはいかないよ。弟子たちも、今必死になって武具を鍛えてる」

ベラミーの言う通り、工房船からは魔鋼を打つ音がそこかしこから響いている。

「いい武具を造れば、それだけ仲間が生き延びるんだからねぇ」

ゼシアの頭をベラミーはぐしゃぐしゃと撫《な》でる。

「ほら、これをあげるよ。島の中を見ておいで」

ベラミーは魔法陣を描くと、鍵を取り出した。十数本ほど種類があり、それらがすべて金属製の輪っかにつながっている。

「これがあれば、どこへだって入れるよ。探検ごっこさ」

「探検ごっこ……!?」

ゼシアがキラキラと瞳を輝かせる。

「……ばぁばにお宝……見つけます……!」

「おぉ、ありがとねぇ。どんなものを見つけてくるのか、楽しみさ」

そう彼女が言えば、ますますやる気に満ちた顔でゼシアはくるりと踵《きびす》を返《かえ》した。

「エンネ……行くです……!」

「うんっ!」

「ああっ、こらっ。勝手に行っちゃだめだぞっ」

エレオノールの制止より早く、エンネスオーネとゼシアは飛び上がり、煙突から外へ向かった。

「もー……!!」

「はっは。大目に見とくれよ。鉄火島には大したものは置いてないからねぇ。ちょっとぐらい探検されたって、構やしないさ」

エレオノールに、ベラミーは言った。

「でも、入っちゃいけない部屋とかないのかな?」

「なあに、もう一通りこっちの工房船に移したよ」

「そうなんだ」

「聖剣世界はイーヴェゼイノと衝突する恐れがあるからねぇ。いよいよとなりゃ逃げる準備もしとかなきゃなんないさ」

狩猟貴族らはなにがなんでもイーヴェゼイノの衝突を防がねばならぬが、ベラミーからしてみれば、運命を共にするわけにもいかぬだろう。

オルドフとの通信用魔法具があるとすれば、すでに工房船に移してあるはずだ。だが船内にはイーヴェゼイノと戦うために多くの鉄火人が乗っている。

探すのは容易ではなさそうだ。

「あの……アノス君から聞いたんだけど、ベラミーはオルドフに助力をお願いしたいんだったよね？」

エレオノールが思いきって切り出す。

一瞬真顔になった後、ベラミーはまた水桶《みずおけ》に視線を移した。聖剣の深淵《しんえん》を覗《のぞ》くようにしながら、彼女は言う。

「ま、そうだねぇ。レブラハルド君は優秀だが、先王より経験は浅い。二人が揃《そろ》えば、イーヴェゼイノを恐れることはないだろうねぇ」

「連絡を取れないのは、聖王に釘《くぎ》を刺されているからなのかな？」

ベラミーは水桶《みずおけ》から聖剣を取り出すと、熱い鉄火炉にそれを入れた。

「そもそもあたしにゃオルドフとの通信手段がないからねぇ。それさえあれば、裏でこっそり話を通すこともできたんだが……」

炎の音に耳をすましながら、ベラミーは聖剣の深淵《しんえん》を覗《のぞ》く。

「ああ」

ふと気がついたようにベラミーは顔を上げた。

「もしかして、あんたらはあたしがオルドフの居場所を知ってると思ってるのかい？」

「ボクは知ってるといいなと思ったぞ」

エレオノールはピッと人差し指を立てる。内心は悟られていないかと緊張しているだろう。

それを見透かしたようにベラミーは笑った。

「嘘《うそ》だと思うなら、この船をどこでも探してごらんよ」

思いも寄らぬ言葉だったか、エレオノールはきょとんとした。

「…………いいの……？」

「そりゃ言えないことはあるがねぇ。ここで生き延びなきゃ、どのみち明日はない。背中を預ける仲間に嘘《うそ》ついたってしょうがないよ。疑惑がなけりゃ、腹をくれるってもんだろ」

ベラミーが嘘《うそ》をついているようには思えぬ。

彼女のこれまでの言動は、徹頭徹尾バーディルーアとその民を守ることだ。ハイフォリアに黙って、霊神人剣を鍛え直すことさえ承諾したというのに、オルドフとの通信を隠す理由はさほどあるまい。

「……本当にいいのかな？」

「ああ、行っといで。戻ってくる頃にゃ、あんたの武器も出来てるだろうよ」

そう言って、ベラミーは金床に聖剣を置き、それを大槌《おおづち》で打ち始める。

エレオノールはぺこりと頭を下げ、《飛行《フレス》》で煙突から外へ出た。島の港には、ミサ、ミーシャ、サーシャが待機しており、空を飛ぶ彼女に向かって手を振った。

エレオノールはそこへ降り立つ。

「さっき、ゼシアたちがあっちの工房へ飛んでいったけど、どういう状況なの？」

サーシャが不思議そうに問う。

「簡単に言うと、探検ごっこだぞ」

「探検ごっこ？」

ミーシャが小首をかしげた。

「それより、ベラミーはオルドフと通信する手段はないって言ってたぞ。どこを探してくれてもいいって」

「……可能性は薄そうだけど、確認しないわけにもいかないわよね……」

サーシャが、妹の顔を見る。彼女はこくりとうなずいた。

「では、わたくしたちは船を探してみますわ」

ミサが言う。

「じゃ、ボクはゼシアたちを捕まえるついでに、この島の工房を見てくるぞ」

エレオノールは手を振って、空へ飛び上がった。

大きな塀を越えて、その内側にそびえ立つ建物の前に着地する。

頑丈そうな扉が開け放たれていた。ゼシアたちが鍵で解錠したのだろう。

「ゼシアー、どこにいるの？　エンネちゃん？」

エレオノールが《思念通信《リークス》》を飛ばす。

『……暗いところ……です……！』

ゼシアから声が返ってきた。

エレオノールは工房の中に入る。辺りはすでに薄暗い。左右に分かれ道があり、直進した場所には地下へ続く階段がある。

すでにここにいた鉄火人は皆工房船に乗っているのだろう。人の気配はまるでなく、静まり返っていた。

「暗いところってどこかな？　地下？」

『……わかり……ません……』

「んー？　なんでわからないんだ？」

『……迷い……ました……！』

「まだ全然時間経ってないぞっ！」

思わずといった風に、エレオノールは叫んでいた。つい先程向かったと思ったら、もう迷っているのだから無理もない。

『……お宝を……探します……！』

「まず合流するぞっ、合流だぞっ。いーい？」

困った顔をしながら、エレオノールはゼシアの魔力を辿《たど》り、地下へ続く階段を下りていく。

中は入り組んでおり、ゼシアが移動するため、なかなか合流できなかった。

ついでだからとエレオノールは、ゼシアとエンネスオーネに通信用魔法具を探すように言い含め、自らもそれを探した。

小一時間ほど、工房内を歩き回っていると――

「……ママ……」

ゼシアの声が聞こえてきた。

《思念通信《リークス》》と同時に、肉声も聞こえている。距離が近いのだ。

「ゼシア？　そこにいるの？」

「……助けて……ください……」

その言葉を聞き、エレオノールが血相を変える。

「どうしたんだっ⁉」

叫ぶや否《いな》や、声が聞こえる方向へ彼女は走り出していた。開いた扉をくぐると、鉄格子《てつごうし》の向こうにゼシアとエンネスオーネがいた。

「……閉じ込め……られました……！」

「……出られないよぉっ……」

二人は鉄格子《てつごうし》をつかみながら言う。

「どう見ても鍵開いてるぞっ！」

自ら牢獄《ろうごく》の中に閉じこもっていた二人に、エレオノールは声を上げた。

「もー……」

彼女は牢獄《ろうごく》の中に入ると、不思議そうに辺りを見回す。

それから、不思議そうに首を捻《ひね》った。

「……なんで工房に牢屋《ろうや》があるんだろ……？」

それが気になったか、彼女は《思念通信《リークス》》の魔法陣を描く。

「あー、バルツァロンド君？　鉄火島の工房に牢屋《ろうや》があるのってなーんでだ？」

すると、すぐに声が返ってくる。

『かつて鉄火島にはハイフォリアの罪人を捕らえる牢獄《ろうごく》があった。改築して使っているが、その名残だろう』

鉄格子《てつごうし》は錆《さ》び、内壁はところどころ剝がれ落ちている。長らく使われた形跡はない。バーディルーアの自治領として譲り渡された後、この牢獄《ろうごく》は改装せず、放置されたのだろう。

「そっかそっか。じゃ、別におかしなことはないんだ」

エレオノールは、ゼシアとエンネスオーネの手を取った。

「ほら、合流したから、もう勝手に行っちゃだめだぞ」

「……お任せ……です……！」

「エンネスオーネも、大丈夫だよ！」

二人は天真爛漫《てんしんらんまん》に言い放つ。反省の色はまるで見えなかった。

「返事だけはいいんだから」

牢屋《ろうや》を出ようとして、エレオノールはふと足を止めた。

彼女の魔眼《めめ》が、微細な光を捉えていた。

「んー？　なんだろ……？」

「……なにか……ありますか……？」

「お宝かなっ？」

エンネスオーネの言葉に、エレオノールは苦笑いを浮かべる。

「さすがに、お宝じゃないと思うけど」

光に吸い寄せられるように、エレオノールが牢屋《ろうや》の壁へ視線を向け、近づいていく。

「疑似根源よりずっと小さいけど、疑似根源に似てる……想《おも》いだけがあるみたいな……」

牢屋《ろうや》の壁に、エレオノールは手を触れる。

「《聖域熾光砲《テオ・トライアス》》」

撃ち放たれた光の砲弾が壁を掘っていく。

ガラガラと瓦礫《がれき》が崩れ落ちた。深く削られた壁には、校章のようなものが埋まっていた。

「……なにかな？」

ゆっくりとエレオノールはそれを手に取る。

すると――

『私の名はホーネット・クルトン。我が一族の名誉のため、死してここに真実を遺《のこ》す』

声が響いた。

「わーお、なんだ？　魔法……かな……？」

『レブラハルド卿は大罪を犯したと思っていた。霊神人剣を折り、その剣身を喪失し、あまつさえ情報を秘匿した。奴《やつ》の行いは厳罰に値する。その部下たちも同様だ』

封じ込められた想《おも》いが、そこに残っているのだ。困惑した顔をしながらも、エレオノールは耳をすます。

『だが、私は殺していない。殺せるわけがないのだ、我々の力では。レブラハルド隊は強すぎる。いくら不意をつこうとも、力で敵《かな》うわけがない』

その声は切実に胸を打つ。

『彼らを邪魔だと思っていた者がいたのだ。私たちはそれに利用された。犯人は正体を隠していたが、手がかりを得ることに成功した。奴《やつ》からこの校章を奪い取り、《聖遺言《バセラム》》を遺《のこ》すことができた』

今聞こえているのは、その《聖遺言《バセラム》》が遺《のこ》した声なのだろう。

つまり、声の主はもう亡《な》くなっている。

『伝えてくれ。聖王オルドフに、そしてその後を継ぐレブラハルド卿へ。私が間違っていた。次期聖王の虹路《こうろ》を奪い、ハイフォリアを誤った道へ進ませるのが敵の狙い。この顛末《てんまつ》を仕組んだ者がいる』

エレオノールは改めて校章に視線を向けた。それに施されているのは、波と泡の意匠。

パブロヘタラの校章だ。

『隠者エルミデ。それが私がつかんだ敵の名だ』

§30. 【虹路の先に】

聖剣世界ハイフォリア。夜。

虹水湖《こうすいこ》の工房に、魔力と魔力が衝突する爆音が鳴り響く。

金床に置かれているのは、錬火《れんか》で赤く染まった霊神人剣。溢《あふ》れ出《だ》す黒き火花を押さえつけるため、レイが柄を固く握りしめている。

彼の視線の先には、シルクがいた。

つい今し方弾《はじ》き飛《と》ばされ、床に尻餅をついている。

頑丈な前掛けには黒き錆《さび》が染《し》みついており、それは彼女の根源をも蝕《むしば》み始めている。

回復魔法を使っても、すぐに癒える類の傷ではなかった。

「シルク。それ以上は、貴君の体がもちはしない。一度、その錆《さび》を落とすべきだ」

冷静にバルツァロンドが言った。

だが――

「……そっか。火花と火花を……」

シルクの耳に言葉は届いていない。

彼女はぶつぶつと何事かを呟《つぶや》きながら、白輝槌《はつきつい》を手に立ち上がる。

そして、霊神人剣をまっすぐ見つめた。

鍛冶を始めてから、ずっと同じだ。まるで外界を遮断したかのように、彼女にはそれだけけしか見えていない。

剣と炎と水、そして鳴り響く大槌《おおづち》の音だけが、今のシルクの世界のすべてだ。自身の体のことさえ眼中にはなく、もうほぼ一昼夜、彼女は黒き錆《さび》と戦っていた。

「レイ。もっと強くいくよ。一番強く」

真剣な顔つきで、レイは応じた。

「了解」

白輝槌《はっきつい》ウィゼルハンを振りかぶり、シルクは魔力を無にしていく。

「白輝槌《はっきつい》、秘奥《ひおう》が参――」

真白の光が束ねられ、大槌《おおづち》の打面に集中していく。

「――《剣打練鋼《けんだれんこう》》!!」

霊神人剣エヴァンスマナに、ウィゼルハンが思いきり叩《たた》きつけられる。耳を劈《つんざ》くほどの轟音《ごうおん》とともに、夥《おびただ》しい量の黒き火花がどっと溢《あふ》れ返った。

先程よりも遥《はる》かに強い、滅びの奔流。にもかかわらず、今度はシルクが吹き飛ばされることはなかった。

黒き火花と黒き火花をぶつけ、相殺《そうさい》しているのだ。

当初シルクが試していたのは、可能な限り打撃範囲を細くし、少しずつ錆《さび》を削り取ることだった。

だが、霊神人剣につけられた錆《さび》は、世界を滅ぼすほどの力を内包していた。どれだけ細く、薄く打ったとしても、まるで押さえが利《き》きはしない。

それゆえ、シルクは発想を転換し、黒き火花と黒き火花をぶつけることで両者を鎮《しず》めようと考えたのだ。

《剣打練鋼《けんだれんこう》》にて打ちつけたウィゼルハンはそのまま固定され、振動が幾度となく霊神人剣を叩《たた》く。

その角度、威力、速度を巧みに変えることで、溢《あふ》れ出《だ》した黒き火花を制御し、相殺《そうさい》することを実現したのだ。

並の鍛冶師に到達できる領域ではないだろう。

鍛冶世界バーディルーアの元首ベラミーが認めた通り、彼女は間違いなく、希有《けう》な才能の持ち主だ。

「…………くっ……」

僅かに、レイは顔をしかめた。

霊神人剣が暴れ出し、シルクはウィゼルハンを引く。火花は火花で相殺《そうさい》できるが、銹《さび》を一気に叩《たた》き出《だ》しているため、レイの腕には想像を絶する負荷がかかる。

シルク同様、飛び散る火の粉を浴びたレイの両手は、火傷《やけど》を負っており、なにより黒き銹《さび》がついている。

もう限界に近く、霊神人剣を押さえきることができなかったのだ。

「レイ」

「……大丈夫。次は押さえるよ……」

長く息を吐き、レイは黒き銹《さび》がついた両手にて、霊神人剣の柄を握る。

「いくよ」

シルクが、ウィゼルハンを振り上げる。

「──《剣打練鋼》《けんだれんこう》」

霊神人剣に白輝槌《はっきつい》が打ちつけられるとともに、激しい火花が溢《あふ》れ返る。バチバチと激しい音を立てながらぶつかり合い、魔力が激しく渦を巻いた。

奥歯を噛《か》み、両手を握りしめ、全魔力を注《そそ》ぎ込《こ》むようにして、レイは聖剣を押さえつける。

数十秒間、その状態が続き、再びシルクはウィゼルハンを振り上げた。

三度、聖槌《せいつい》が剣を打つ。

段々とコツをつかんできたのか、火花が溢《あふ》れる量が増し、相殺《そうさい》時に発生する魔力の渦がレイの体を傷つける。

カタカタと霊神人剣が金床の上で震え始めた。

「く……う……‼」

さすがのレイも、これ以上は厳しいか。

細心の注意を払って大槌《おおづち》を打たなければならないシルクの消耗も大きいが、衝撃を押さえ続けるレイは肉体が損傷する。

黒き錆《さび》は彼を蝕《むしば》み、大槌《おおづち》による打撃の振動と、黒き火花の衝突によって巻き起こる衝撃波によって、みるみる霊神人剣の押さえは利《き》かなくなっていく。

もう限界かと、シルクが途中で大槌《おおづち》を引こうとしたそのとき、

「気にせず、思いきり打て」

レイの隣で、霊神人剣の柄をバルツァロンドが握った。

「二人ならば、どれほどの衝撃であっても耐えられる」

柄を所有していたということは、彼もまた霊神人剣に選ばれた者だ。柄を強く握りしめようとも聖剣に拒絶されることはない。

「助かるよ」

「礼などいりはしない」

僅かに視線を交わし、二人は一つの柄を握る。

数十秒、発生する激しい振動に耐え抜けば、再びシルクが大槌《おおづち》を引き、間髪を容れずに振り下ろす。

それを数度行った後、霊神人剣を錬水《れんすい》に入れ、失われた魔力を補う。再び錬火で熱く熱し、金床に置き、ウィゼルハンにて剣を打つ。

最初の説明通り、後はその繰り返しだ。

シルク、レイ、バルツァロンドの意識はただ剣を打つことに集中していた。

やがて、霊神人剣に変化が起こり始める。

これまでにない輝きが、その剣身から漏れ始めたのだ。

白よりもなお白く、まるで虹のように煌《きら》めく光。発せられたのはまさしく白虹《はっこう》であった。白《はっ》輝《き》槌《つい》が振り下ろされる度に、錆《さび》が落ちて、みるみる輝きが増していく。

そして――

一心不乱に剣を打ち続けてきたシルクが、白輝槌《はっきつい》を床に下ろした。

魔法陣を描き、取り出したのはアーツェノンの爪だ。

「放して」

シルクに言われた通り、レイとバルツァロンドは柄から手を離す。

彼女は霊神人剣の剣身にそっと触れ、そこにアーツェノンの爪を当てた。反発するように、白き火花が散る。

爪でなぞるようにして、彼女は一気に刃を研いでいく。剣が見えなくなるほどの火の粉が溢《あふ》れ出《だ》すも、手を休めることはなかった。

研げば研ぐほど輝きは増し、研げば研ぐほどアーツェノンの爪が削られていく。

そうして、大量の火花が散ったかと思った瞬間、その爪は真っ二つに切断され、ボロボロとシルクの手からこぼれ落ちた。

彼女は小さく息を吐き、ぽつりと言った。

「……できた」

シルクは霊神人剣の柄と刃を持ち上げ、静かに錬水の桶《おけ》に入れた。

途端に目映《まばゆ》いばかりの光が工房を照らし出す。水桶《みずおけ》の中から、ひとりでに霊神人剣が浮かび上がってきた。

パブロヘタラのときと同じだ。その輝きに包まれるように、レイたちは光の空間に隔離される。以前はなかった白い虹がかかっているのが見えた。

その真下に、エヴァンスマナがあり、王の装束を纏《まと》った女性が立っている。口に枷《かせ》を、右手に筆、左手には木簡を持っている。天命霊王ディオナテクだ。

彼女はその筆をゆっくりと動かした。

『……この虹路《こうろ》の先へ………』

静謐《せいひつ》な声が響いた。

『……助けを待っている人がいる……』

光の空間が消えていき、再び辺りは工房に戻っていく。

同時に天命霊王は姿を消した。霊神人剣から空へ向かって、白い虹が放たれる。それは煙突を通り、一直線を描くような純白の道を作り出す。レイはゆっくりと空を見上げた。

「あれは……？」

「虹路《こうろ》だ。天命霊王ディオナテクはあの先を目指せと言ったのだろう」

そうバルツァロンドが答えた。彼らは煙突から工房の外へ出る。虹路《こうろ》は空を越え、黒穹《こっきゅう》の彼方《かなた》まで続いていた。

「……行き先は、ハイフォリアの外のようだ……」

バルツァロンドが言う。

「行こうか」

レイはファンユニオンの少女たちへ《思念通信《リークス》》を送る。

「エレン。列車を動かしてくれるかい？　行きたいところがあるんだ」

『了解っ！　すぐ出すねっ！』

エレンから返事が返ってくる。

「ミサはいないし、身を隠して列車に乗るのは難しいけどね」

レイが少し困ったような顔で言う。

「後のいざこざはご心配なく。なにがあろうと、私が片付けておきます」

シンが言う。

助けを待っている者がいるならば、悠長にしてはいられぬ。天命霊王がそれを伝えようとしてから、もう一日が過ぎた。

「わかった」

汽笛が聞こえた。

見上げれば、魔王列車がガルンゼスト狩猟宮殿から発進し、宙を走っていた。レイとバルツァロンドは《飛行》《フレス》で浮かび上がり、魔王列車へと向かう。

『レイ君っ。機関室の扉開けるよ』

機関室の扉が開く。

二人はそこから中へ入った。ヒムカとカーサが汗だくになりながら、スコップで火室へ投炭を行っていた。

慣れていないため、大した速度を出すことはできない。それを悟ったか、バルツァロンドが近づき、手を伸ばした。

「代わろう」

「え……お、お願いしますっ……」

彼はカーサのスコップを受け取った。

「進路をあの虹路《こうろ》へ。全速前進」

「「「了解っ」」」

レイの指示で魔王列車は虹路《こうろ》に入り、その道をまっすぐ上昇していく。みるみる内に黒穹《こっきゅう》まで上がり、そのまま聖剣世界ハイフォリアの外へ出た。

輝く銀の海に、延々と虹路《こうろ》が続いている。

そこへ銀灯のレールを敷き、魔王列車は走っていく。バルツァロンドの部下が乗る銀水船が寄ってきて、それに並走した。

数時間後、彼らの前に見えてきたのは一つの小世界だ。

だが、普段見る銀泡よりも、輝きが暗かった。

「……銀灯がない。泡沫《ほうまつ》世界のようだ……」

バルツァロンドが言う。

険しい表情を浮かべる彼に、レイは問うた。

「虹路《こうろ》はあそこに続いているようだけど、入っちゃいけないって話だったかな?」

「パブロヘタラの法ではそうだ……銀水聖海の常識でも、泡沫《ほうまつ》に干渉することは望ましくないとされている。不安定な世界の中へ、私たちのように巨大な魔力を持つ者が入ると、なにが起こるかわからないからだ」

バルツァロンドは唇を真一文字に引き結ぶ。

「君までリスクを冒す必要はない。僕たちだけで行ってくるよ」

一瞬の間の後、しかしバルツァロンドは言った。

「いや……天命霊王の導きを疑ってはならない。たとえ法を犯そうとも、これが正しき道と私は信じる」

レイはうなずく。

「進路を前方の泡沫《ほうまつ》世界へ。全速前進」

「了解っ。全速前進っ」

魔王列車はぐんぐん速度を上げ、泡沫《ほうまつ》の中へ入った。

銀灯のレールを固定し、黒穹《こっきゅう》を下降していく。

辿《たど》り着《つ》いた空は真っ暗だった。

現在、ハイフォリアでは深夜。ここも同じと考えれば、空が暗いのは不自然ではないが、地上に明かりが一つもない。

いや、それどころか、人の気配がまるでしなかった。

生命の存在が、限りなく希薄なのだ。

「……滅びかけだ……火露《ほろ》を殆《ほとん》ど失っているのだろう。泡沫《ほうまつ》世界では珍しいことではないと聞く」

バルツァロンドが言う。

「外へ出てくる」

「レイ君出るって。機関室、扉開いてっ」

「了解ー」

機関室の扉が開き、レイとバルツァロンドは空へ飛び出す。

すると、レイの手の中にある霊神人剣が再び輝き始めた。虹路《こうろ》が二人の前に現れる。

その白い虹は、地上へ続いていた。

レイとバルツァロンドは顔を見合わせ、こくりとうなずく。

空を飛び、彼らは虹路《こうろ》を進んでいく。

やがて見えてきたのは、山の中腹だ。

洞窟のようなものがある。その入り口には、魔法陣が描かれた頑強そうな扉が設けられていた。かなり古びたものである。

「《解錠《ディ》》」

バルツァロンドが解錠を試みる。

だが、開かなかった。

「……泡沫《ほうまつ》世界の扉が開かない……？」

不可解そうにバルツァロンドが、眉根を寄せる。

滅びかけのこの世界に、そんなことをしてのける者が果たしているのか。疑問でならなかったのだろう。

「ただ事じゃなさそうだけど」

レイがエヴァンスマナを構え、ふっと息を吐く。

一閃《いっせん》。扉が真っ二つに割れ、ガタンッと音を立てて崩れ落ちた。

「慎重に」

「わかっている」

二人は魔眼《め)》を凝らしながら、洞窟の中へ歩を進める。

中は薄暗い。

だが、それほどの広さではなさそうだ。

「……う……ぅ……」

ピタリと立ち止まり、レイは耳をすます。

うめき声が聞こえたのだ。

霊神人剣にて、彼は内部を照らした。

そこに倒れていたのは、ボロ布を纏《まと》った瘦せこけた老人だ。

憔悴《しょうすい》しきっており、魔力が殆《ほとん》ど無に近い。

声を上げたことさえ不思議に思えるほど、今にも滅びそうな有様《ありさま》だった。

「……あ……な……」

次にこぼれた声は、老人ではなく、バルツァロンドのものだ。

彼は驚愕《きょうがく》をあらわにするように目を見開き、信じられないとばかりに息を吞《の》む。

手が小刻みに震え、汗がその頰を伝う。

ぽとりと言葉がこぼれ落ちた。

「……父……上……………………………」

続く

◉秋著作リスト

「魔王学院の不適合者 ～史上最強の魔王の始祖、転生して子孫たちの学校へ通う～ 1～13〈上〉」（電撃文庫）

「魔法史に載らない偉人 ～無益な研究だと魔法省を解雇されたため、新魔法の権利は独占だった～ 1～2」（同）

本書に対するご意見、ご感想をお寄せください。

ファンレターあて先
〒 102-8177　東京都千代田区富士見 2-13-3
電撃文庫編集部
「秋先生」係
「しずまよしのり先生」係

本書は、「小説家になろう」に掲載された『魔王学院の不適合者　～史上最強の魔王の始祖、転生して子孫たちの学校へ通う～』を加筆修正したものです。
※「小説家になろう」は株式会社ヒナプロジェクトの登録商標です。

電撃文庫

魔王学院《まおうがくいん》の不適合者《ふてきごうしゃ》 13〈上〉

～史上最強《しじょうさいきょう》の魔王《まおう》の始祖《しそ》、転生《てんせい》して子孫《しそん》たちの学校《がっこう》へ通《かよ》う～

秋《しゅう》

2023年2月10日　初版発行

発行者　山下直久
発行　株式会社KADOKAWA
〒102-8177　東京都千代田区富士見2-13-3
0570-002-301（ナビダイヤル）
装丁者　荻窪裕司（META＋MANIERA）
印刷　株式会社暁印刷
製本　株式会社暁印刷

ISBN978-4-04-914870-1　C0193　Printed in Japan

電撃文庫　https://dengekibunko.jp/

電撃文庫創刊に際して

文庫は、我が国にとどまらず、世界の書籍の流れのなかで〝小さな巨人〟としての地位を築いてきた。古今東西の名著を、廉価で手に入りやすい形で提供してきたからこそ、人は文庫を自分の師として、また青春の想い出として、語りついできたのである。

その源を、文化的にはドイツのレクラム文庫に求めるにせよ、規模の上でイギリスのペンギンブックスに求めるにせよ、いま文庫は知識人の層の多様化に従って、ますますその意義を大きくしていると言ってよい。

文庫出版の意味するものは、激動の現代のみならず将来にわたって、大きくなることはあっても、小さくなることはないだろう。

「電撃文庫」は、そのように多様化した対象に応え、歴史に耐えうる作品を収録するのはもちろん、新しい世紀を迎えるにあたって、既成の枠をこえる新鮮で強烈なアイ・オープナーたりたい。

その特異さ故に、この存在は、かつて文庫がはじめて出版世界に登場したときと、同じ戸惑いを読書人に与えるかもしれない。

しかし、〈Changing Times,Changing Publishing〉時代は変わって、出版も変わる。時を重ねるなかで、精神の糧として、心の一隅を占めるものとして、次なる文化の担い手の若者たちに確かな評価を得られると信じて、ここに「電撃文庫」を出版する。

1993年6月10日
角川歴彦

電撃文庫DIGEST　2月の新刊

発売日2023年2月10日

第29回電撃小説大賞《大賞》受賞作

新作 **レプリカだって、恋をする。**

著／榛名丼　イラスト／raemz

愛川素直という少女の身代わりとして働く分身体、それが私。本体のために生きるのが使命……なのに、恋をしてしまったんだ。電撃小説大賞の頂点に輝いた、ちょっぴり不思議な"はじめて"の青春ラブストーリー

第29回電撃小説大賞《金賞》受賞作

新作 **勇者症候群**

著／彩月レイ　イラスト／りいちゅ
クリーチャーデザイン／劇団イヌカレー（泥犬）

謎の怪物《勇者》が「正義」と称した破壊と殺戮を繰り返す世界。勇者殺しの少年・アズマと研究者の少女・カグヤ、これは真逆な二人の対話と再生の物語――！　電撃大賞が贈る至高のボーイ・ミーツ・ガール！

第29回電撃小説大賞《銀賞》受賞作

新作 **クセつよ異種族で行列ができる結婚相談所**
～看板ネコ娘はカワイイだけじゃ務まらない～

著／五月雨きょうすけ　イラスト／猫屋敷ぷしお

猫人族のアーニャがはたらく結婚相談所には、今日も素敵な縁を求めてたくさんの異種族が訪れる。彼氏いない歴三世紀のエルフ女子、厄介能力で冒険者ギルドを崩壊させた優男――ってみんなクセが強すぎでしょ！？

86―エイティシックス―Ep.12
―ホーリィ・ブルー・ブレット―

著／安里アサト　イラスト／しらび
メカニックデザイン／I-Ⅳ

多大な犠牲を払った共和国民の避難作戦。その敗走はシンたち機動打撃群に大きな影響を及ぼしていた。さらに連邦領内では戦況悪化の不満が噴出するなか、一部の離反部隊はついに禁断の一手に縋ろうとして……

Fate/strange Fake⑧

著／成田良悟　イラスト／森井しづき
原作／TYPE-MOON

呼び寄せられた"台風"によって混乱する聖杯戦争。『ネオ・イシュタル神殿』を中心に大規模な衝突が始まる中、ひとつの"影"が晩鐘の響きを携えて現れる。そしてエルメロイ教室の面々を前にアヤカは……

新・魔法科高校の劣等生
キグナスの乙女たち⑤

著／佐島 勤　イラスト／石田可奈

九校戦は終えたが茉莉花の夏はまだ終わらない。全日本マジック・アーツ大会が目前に控えているからだ。マジック・アーツ部の合宿に参加する茉莉花だが、そこに現れたのは千葉エリカと西城レオンハルトで――。

魔王学院の不適合者13〈上〉
～史上最強の魔王の始祖、転生して子孫たちの学校へ通う～

著／秋　イラスト／しずまよしのり

気まぐれに世界を滅ぼす《災人》が目覚め、《災淵世界》と《聖剣世界》、二つの世界が激突する。目前に迫る大戦を前に、アノス率いる魔王学院の動向は――？
第十三章《聖剣世界編》編、開幕!!

エンド・オブ・アルカディア3

著／蒼井祐人　イラスト／GreeN

《アルカディア》製作者・《JUNO》との邂逅を果たした秋人たち。ついに明かされる"死を超越した子供たち"の秘密。そしてアルカディア完全破壊の手段とは――？
今、秋人たちの未来を賭けた戦いが幕を開ける！

アオハルデビル2

著／池田明季哉　イラスト／ゆーFOU

坂巻アリーナでの発火事件で衣緒花の悪魔を祓った有葉のもとに、新たな"悪魔"が現れる。親友の三雨の「願い」に惹かれ、呼び寄せられた"悪魔"を祓うために、有葉は三雨の「願い」を叶えようとするが――。

第29回
電撃小説大賞
金賞
受賞作
夢の中で「勇者」と称えられた少年少女は、
美しき女神の言うがまま魔物を倒していた。
――その魔物が〝人間〟だとも知らず。
勇者症候群
Hero Syndrome
［著］彩月レイ
［イラスト］りいちゅ
［クリーチャーデザイン］劇団イヌカレー（泥犬）
少年は《勇者》を倒すため、
少女は《勇者》を救うため。
電撃大賞が贈る出会いと再生の物語。
電撃文庫

クセつよ異種族で行列ができる結婚相談所
～看板ネコ娘はカワイイだけじゃ務まらない～
五月雨きょうすけ ill. 猫屋敷ぷしお
見習い秘書係のネコ娘、今日も頑張っています!
第29回 電撃小説大賞 受賞作
電撃文庫
特設サイトをcheck!!
STORY
訪れるのはワケあり相談者ばかり?
異種族同士の婚活って大変なんです!
ドタバタ婚活ファンタジー、はじまります!!
電撃文庫